启程的理由

〔日〕旦敬介/著 〔日〕门内幸惠/绘
蒋葳/译

人民文学出版社
PEOPLE'S LITERATURE PUBLISHING HOUSE

著作权合同登记号　图字 01-2016-5471

图书在版编目(CIP)数据

启程的理由/(日)旦敬介著；蒋葳译. —北京：人民文学出版社，2016
ISBN 978-7-02-011783-3

Ⅰ. ①启…　Ⅱ. ①旦…　②蒋…　Ⅲ. ①随笔-作品集-日本-现代　Ⅳ. ①I313.65

中国版本图书馆 CIP 数据核字(2016)第 139286 号

责任编辑：卜艳冰　周　洁　王皎娇
装帧设计：李　佳

出版发行　人民文学出版社
社　　址　北京市朝内大街 166 号
邮政编码　100705
网　　址　http://www.rw-cn.com

印　　刷　山东临沂新华印刷物流集团
经　　销　全国新华书店等

开　　本　787 毫米×1092 毫米　1/32
印　　张　6
字　　数　106 千字
版　　次　2016 年 10 月北京第 1 版
印　　次　2016 年 10 月第 1 次印刷

书　　号　978-7-02-011783-3
定　　价　38.00 元

如有印装质量问题，请与本社图书销售中心调换。电话：010－65233595

目录 Contents

吃到世界第一美味肉食的那天

“我好想去看米开朗琪罗啊。米开朗琪罗！”

——尽管儿子接连两天都这么央求他，可他还是没有认真考虑去意大利旅行的事。

你知道“创世纪”吗？知道“最后的审判”吗？

他想起几天前儿子曾这么问过。然而那时他满以为儿子指的是基督教《圣经》，也就当作耳边风了。难怪，儿子升上小学五年级，在美术课上接触到米开朗琪罗的作品了。

不过，从儿子的口中听到“梵蒂冈”“西斯廷礼拜堂”这些名词时，他突然回忆起自己还是小学生的时候，曾经跟随父母去意大利旅行的事。记得当时他想要画威尼斯广场的写生，可是总也画不好，于是中途打了退堂鼓。在阿西西的时候，从山麓的街道上遥遥望见的山顶修道院的风景，此刻也清晰地浮现在他的脑海中——其实，是因为看过父亲用引以为傲的尼康玛特相机拍出的照片，这景象才在他脑中成了形、扎了根。明明已是三四十年前了，竟然还能鲜明地回忆起当时的种种情景，他不由得暗自惊叹。

当时自己年仅八岁。父亲又是多大年纪呢？忽然，他心中涌起了莫名的忐忑，连忙算了算。果然不出所料，当年的父亲和现在的他一样，都是四十四岁。“原来如此。”他叹道。然后，他下定了决心：无论如何都得去一趟意大利！他想，父母曾经为我所做过的一切，我也得为自己的孩子做一遍。“不，不是这样。”他更加清楚地意识到了自己对父亲抱有的对抗心理。

一旦决定要去旅行，忽然间就忙碌了起来。暑假已近在眼前。

他买了三种意大利旅行指南和两种附带CD的意大利语教程，还买了一本旅行会话书，书中按场景分门别类地列出物品名称和日常会话，并配以插图。他随手把这些书扔在家里，没多久儿子就开始用意大利语数起数字来了——uno、due、tre、quattro、cinque[1]。儿子学会了意大利人骂人的姿势，每天和父亲碰面时的第一件事，便是摆出这个动作，大叫一声：“Cazzo[2]！”

而父亲则首先记住了“我想去……”这个句型。他阅读米开朗琪罗的传记，还调查了他的代表作及其所在地。就连旅店，也是在彻底研究了口碑评价之后，才选定了不负此次意大利艺术之旅的地方。在罗马逗留期间，一定要住在特拉斯提弗列地区。而到了佛罗伦萨则必须去老镇。他干劲十足，

1 意大利语的一、二、三、四、五。

2 意大利语，原意指男性生殖器。

甚至还买了副望远镜。听说这可是欣赏米开朗琪罗壁画的必需品。

儿子记住了数字之后，只是冷眼旁观父亲的心血来潮。父亲从美术史专家那里搞到了《最后的审判》解说图的复印件，儿子却不屑一顾，随手扔在地板上，按着快进键看了遍父亲借来的《罗马假日》。特洛伊！四少年！晚上好！佛罗伦萨T骨大牛排！儿子在家里操着意大利语胡乱嚷嚷。

然后，到了出发的日子。

Silenzio！[1]

Silence，please！！[2]

No photo！！ No video！！！！[3]

挤满了游客、人声嘈杂的西斯廷礼拜堂里，回响着警卫员此起彼伏的高喊声。

警卫员们站在设置于礼拜堂各处的高台上，伸长的胳膊如同射出的箭一般直直指向犯人，发出恫吓的声音。尽管四处都有“请勿在神圣的礼拜之地摄影”的标识，但趁着光线昏暗、人群拥挤而偷偷拍照的游客还是屡见不鲜。警卫员那戏剧性的服装和夸张的动作，仿佛教皇英诺森十世本人在叱

1 意大利语，意为“安静”。

2 意大利语，意为“请保持安静”。

3 意大利语，意为“禁止摄影”“禁止摄像”。

责冥顽不化的凡俗大众一般。即便如此，凡俗大众却对此充耳不闻，每分钟都重复发生同样的事情，叫人无法静下心来欣赏天花板上的壁画。

“反正也不可能拍得清楚，就让大家拍拍照又何妨呢。”

父亲这么一说，儿子却愤慨不已。“既然都写了禁止，当然不许拍了！”并且警告父亲说，“你可绝对不要拍啊！”

就这样，他们在首日便完成了此番旅行最初的动机，以及最大的目的。但儿子在“创世纪”第一天得到的结论却是“人类真是没救了”。

观光旅行一旦拉开序幕，不得不看的东西就会毫无意义地增多。“好不容易来趟罗马！”父亲这么说着，转眼间便开始四下打量起来，往行程里塞进一个又一个的目的地。罗马竞技场可不能错过啊，贝尼尼[1]的杰作也在附近，也想看看《罗马假日》中的“真理之口”，还有卡拉瓦乔[2]……

到了佛罗伦萨，更是越发匆忙。这里可是米开朗琪罗的圣地。行程塞得满满的：欣赏大卫像、观赏他为美第奇家族创作的陵墓雕塑、参观他设计的图书馆、造访他生活过的宅邸、观摩美术馆——那里收藏着他为数不多的几幅油画作品，最后则去拜访他的墓地。毕竟“想去看米开朗琪罗”才是这

1 济安 · 劳伦佐 · 贝尼尼（Gian Lorenzo Bernini，1598—1680），意大利雕塑家、建筑家、画家，十七世纪最伟大的艺术大师。

2 米开朗琪罗 · 梅里西 · 达 · 卡拉瓦乔（Michelangelo Merisi da Caravaggio，1573—1610），意大利画家。

次旅行的目的。逛教堂、逛美术馆、排队游览古迹。因为好不容易来趟意大利……好不容易到了佛罗伦萨……

然而，勉勉强强陪着父亲参观了乌菲齐美术馆之后，儿子彻底厌倦了“米开朗琪罗之旅”。

“下午我要去米开朗琪罗的墓地，你呢？”父亲这么问起的时候，儿子果断地回答：“够了，我不去，看腻了。”

“那怎么办？在酒店等我吗？要不我也不去了吧，本来当初说想看米开朗琪罗的就是你……”

“没事，没事，你去吧，别放弃。我就在广场玩玩。”

在儿子的劝说下，他陷入了思考。嗯，怎么办呢，我真的可以让十岁的男孩独自留在意大利的城市广场上吗？多少个伪装成雕像的街头艺人，以及为人画肖像的画家，从白天到深夜一直活动在这个宽阔的中央广场上。在阳光的照耀下，总是那么明亮而拥挤。这是全世界最受游客青睐的广场。他们父子俩也以广场为中心，度过了三天的时光，这期间没遇到任何危险。广场离酒店没多少距离，儿子也熟知到酒店的路。儿子运动神经不错，万一遇上什么事，也能敏捷地逃走。而且为了以防万一，他打一开始就让儿子揣着写有酒店地址的卡片。

“一定没问题。”慢吞吞地犹豫了一阵后，他这样想道。

“知道了。那我快去快回，你等着我。我三十分钟后就回来。待在这里别乱跑哦。”

他指定了广场上的一张长椅。

走出广场时他回头张望，只见儿子完全无视离去的父亲，盘膝坐在石板路上，用彩色铅笔在素描本上描画了起来。

步履匆匆，他来到了教堂。买了门票进到里面，只见到一个颇为杂乱的大型陵墓，但他始终无法平心静气地参观。他心想，万一出了什么意外，那我岂不是犯下了监护人遗弃罪吗？万一有个三长两短，岂不是一辈子都得不到家人的原谅？而且自己也永远无法原谅自己。说到底，参观米开朗琪罗的墓地究竟有什么意义呢？一旦细究起来还真想不出个所以然。他逃也似的离开了教堂，快步走渐渐变成了小跑。从昏暗的小巷跑进亮堂堂的广场，他飞速地扫描着广场的另一端。

——有了！与先前一样，像蜘蛛侠一般趴在地上的少年的身姿映入了眼帘。他呼地松了口气，终于放慢了步调。

“我回来啦，怎么样？”他问道。

儿子从素描本上抬起视线，仿佛在仰望太阳一般，说：

“画，卖出去了。”

“什么？”

追问之下，才得知了事情的来龙去脉。

儿子在长椅边画着广场，时不时有人驻足观望。不一会儿，来了一个带着小女孩的妈妈。

怎样的人？

可能是游客吧。

她们待了一阵子，看到画快完成的时候，那位母亲问道："多少钱?"

儿子吃了一惊，但刹那间耳朵里响起一个声音，于是回答道："二。"

那位母亲在钱包里找了找，掏出三欧元。或许是觉得两欧元也太可怜了吧。儿子无可奈何地从素描本上撕下那张画，递了出去。小女孩也从口袋里掏出一欧元，递给了他。

瞧！儿子把四欧元捧在手心里，似乎觉得那钱币耀眼一般，眯起了眼睛。

看着儿子，父亲不由得笑了起来。哈哈哈哈，哈哈哈哈！从不安中解放出来，他难得毫无顾忌地放声大笑，仿佛压抑在心头的情绪一股脑儿喷涌出来似的。并不是因为滑稽，而是开心得大笑不止。

真厉害啊！据说凡·高一辈子都没卖出过一张画呢，你已经超越凡·高了！在画家遍地的佛罗伦萨，而且还是在异国他乡卖出了画，这在我家的历史上也是空前绝后！

他在儿子周围蹦蹦跳跳，拍着儿子的肩膀，而心里却追悔莫及：啊，犯了个大错！应该待在旁边，将当时的情景，将儿子和小女孩妈妈交涉的情形统统收入眼底。真不该去看逝世于四百五十年前的先人的坟墓，应当留在现场见证一切。

可是，想象着那个情景，他又很快意识到——不，并非如此。如果当时他在场，那绝不会有人来买儿子的画。

对孩子而言，魔法般的重要经历总是发生在父母不在场的时候，若是父母陪在身边则不会发生。对啊，自己的缺席正是发动魔法的关键。能把孩子独自留在广场上，正是他最大的功劳。

为了庆祝，他决定再去一次初到佛罗伦萨那天光顾的小餐馆。餐馆坐落在有几分隐蔽的小路边，服务生态度亲切，店名“仔猪小馆”也深得他心。上次吃的是套餐，今天则为了庆祝，爱吃什么就点什么。

既然如此，要点的东西自不用说。Cazzo！来一份佛罗伦萨T骨大牛排！这道菜以带骨肉块的大分量而闻名于世，只有在佛罗伦萨才能吃到。两人异口同声地点了同样的东西，朝着牛排用力挤压半个柠檬——柠檬汁甚至在手边形成了雾气——然后一口咬了上去。两人几乎没有说话，只顾着狼吞虎咽。

吃完牛排，儿子叹气似的呼出一口带着肉味的热气，说：

“这是我这辈子吃过的最好吃的肉！”

完全没错。他把儿子的话翻译给前来收盘子的那位脸熟的服务生。对两人今天的丰功伟绩毫不知情的服务生，似乎被这句夸张的赞赏惊得目瞪口呆，好半天都答不上话，只是呆呆地站着。

初见异国风景

她降生在父亲是肯尼亚人、母亲是乌干达人的家庭。于她而言，肯尼亚和乌干达都是令她备感亲切的国家。十三岁前，她一直跟母亲和兄弟姐妹在乌干达北部的乡村小镇过日子。而逃离内战后，她生活在肯尼亚的首都内罗毕，成了个时髦的都市姑娘。

在这两个国家，她都能自由地驾驭当地的主要语言。她不是巴干达族，却能讲卢干达语；不是斯瓦希里族，却能讲斯瓦希里语。尽管她也不是英国人，但由于曾经就读于英式女修道院开设的小学，所以两国共通的官方语言——英语，她讲起来也毫无障碍。

她可以自信满满地宣称，东非的城市和乡镇都是她的地盘。顺应时间、场合和地点，该有如何的行为举止，该做什么不该做什么，她凭直觉就能明白。在长辈的面前，言行举止要传统到何种程度，没大没小的底线在哪里；在常去的小酒馆里，可以喝到几分醉，可以放纵到何种地步——在城市和在乡村，这些事情的标准相差甚远，可她无论在哪里都能拿捏到位。

然而，在桑给巴尔却完全是两码事。

桑给巴尔岛漂浮在距大陆三十五公里的印度洋海面上，是坦桑尼亚的一部分。坦桑尼亚与肯尼亚和乌干达接壤，同为东非国家。这三国曾经结成了东非共同体，关系密切自不用说，语言也互通。不过，对她来说，桑给巴尔这个岛屿是自出生以来头一次见到的异国。

她和一个外国男人生活在内罗毕。内罗毕是大都市，又设有联合国机构的总部，加之发达国家面向索马里、埃塞俄比亚、苏丹、卢旺达以及布隆迪的支援机构也常常派驻人员在此，将这里作为筹备基地，因此非洲人和外国人的情侣并不稀罕。在这里，她几乎可以抛开非洲的传统过日子。

一天，她的外国人伴侣提议去桑给巴尔度假。于是，她坐上飞机，有生以来头一次的观光旅游，就来到了这个曾经处于阿曼苏丹统治下的岛屿。

下了飞机和出租车司机讨价还价的时候，她很快注意到了细微的差异。她发现自己讲的斯瓦希里语，和戴着白色小圆帽、年岁较长的司机所讲的斯瓦希里语，显然不在同一个水准上。对方的遣词造句遵循语法规则，格调高雅。相较之下，自己的用词却显得轻佻又散漫，这使得她不免有几分自卑。正因为如此，本是在交涉打车到旧城区酒店的费用，她却产生了与学者或圣贤对话的错觉，不由自主地把司机称作了“长老”。

旧城区狭窄的街道仿佛迷宫一般错综复杂，车进不去，于是“长老”把车停在迷宫的入口，领着二人步行去旅馆。第一家和第二家旅馆都住满了，第三家又太贵。赤道上的太阳火辣辣地从头顶正上方直射下来，连影子都投射不出。“长老”摸着下巴思忖片刻，折回到车上，然后开车到了另一个迷宫入口，领着二人去第四家旅馆。这回步行了相当长的距离，每个人的额头上都渗出了汗珠，外国男人更是汗流浃背。旅馆价格公道，房间也宽敞整洁。他们尤其中意挂着蚊帐的床和崭新的电风扇。

到了付钱给“长老”的时候，外国男人理所当然地拿出了当初说好的金额。“长老”收下钱，礼节性地道了谢，准备离开。见此状，她用英语对男人说：

“多给点儿吧，他帮了我们不少。”

“给多少？”

“就这么多。”

她从男人的钱包里拉出一张小面额纸币的一角，刚好露出数额。男人也觉得这是个恰当的金额。

“长老！”

男人也学着她喊道，递出了追加的纸币。司机毫不客气，十分干脆地接了过去，先对男人道了声谢，然后转向她，再次致谢。

"他刚才称呼我为 bibi[1] 呢。"

过后，她告诉男人，并一脸满足地咯咯笑了。

"他说，谢谢您，女士。"

将行李放在旅馆里，二人出门散步。其实，在她生长的文化背景里，并不存在散步这个概念。步行这种行为，是一件既麻烦又艰辛的事。若有必要和目的人们则会去做，在逼不得已的情况下也会坚持做下去，但如果没必要，当然是避免步行为好。然而，外国男人却没完没了地感受着异国风情——露天市场里贩卖的零星小商品、在敞篷卡车的载货台上安装长椅而改造成的共乘车、旧城区那饱受热带日晒雨淋而裂缝长苔的房墙等，形形色色。他马不停蹄地逛着，毫无倦怠之意。土耳其产的饼干、阿曼产的矿泉水、从印度运来的印花布料、马来西亚产的罐头、巴基斯坦造的塑料洗脸盆……桑给巴尔是印度洋周边的伊斯兰文化圈物资的聚集地，与他生长的世界宛如反像，而这些物品则是昭示两者差异的痕迹。他毫不厌倦地看着逛着，尽管如此，却并不购物。这便是他的观光方式。

然而，于她而言，这些风景和故乡村镇的日常没什么两样。"在我看来，这些东西没什么好稀罕的。"她有些闹情绪，

1 斯瓦希里语，对女性的敬称，意为女士、夫人等。

“到底要走到什么时候啊？好想喝冷饮。”虽然在心里抱怨，可她还是陪着男人散步。

从远方的清真寺尖塔传来告知祈祷时刻的呼唤声，回荡在小镇上空。走着走着，终于男人的脚步也变得沉重起来。两人几乎各怀心思地度过了半天时间，但在火辣辣的阳光下，他俩不约而同地在心中暗暗渴求着的，唯有一样东西——酒，能够喝上啤酒的地方。可是怎么也找不到酒馆，两人不约而同地不安起来。

临近黄昏，两人心中产生了放弃的念头，开始迈步朝旅馆的方向走去。这时，两人的余光几乎同时瞄到了一个熟悉的图案。那是一间面向旧城区小巷的低矮房屋，小小的门上用黄色和黑色的油漆画着高高举起鼻子的大象侧面图。两人不禁对视一眼，立刻明白过来。无论怎么看，这个图案分明就是仿照他们在肯尼亚每日必喝的啤酒的商标而画的。走近一看，门上挂着个小木牌，上面用英语写着“OPEN”。没错，这里是酒馆。噗嗤！不约而同地，两人的口中漏出了一声轻笑。

完全不知店内是何种状况，男人有些犹豫，可她却鼓劲儿似的说：

“我们走！”

毅然决然地推开门，酒馆里弥漫着冷冰冰的沉默。店内如同地窖，空间低矮，入口附近是大约能坐六人的吧台，呈

“凹”字形，往里走则是灯光昏暗的座席。吧台里站着个身材单薄的调酒师。客人不多，里边的座席上有两个男人，吧台前坐着一个男人。在这个没有一丝音乐的寂静空间里，大家都一言不发，面对着褐色的酒瓶，一动不动地坐着。他们不约而同地仅仅移动着眼珠子，把视线投向出现在入口处的外国人和女人。

在肯尼亚，酒吧是热闹享乐的地方，在此两人被这种紧张的气氛给镇住了。尽管如此，他们还是毅然迈开步子走了进去，在吧台落座。

男人向调酒师点了大象商标的啤酒。他明知道她也会点同样的东西，却仍然转向她，仿佛在询问“你呢”。

她始料不及，一下子说不出话来。她的踌躇持续了足有三秒。其实只需说句“我也一样”或是“来两瓶”即可，但她迟迟无法判断该不该开口。她摸不透周围的人会容许，还是会投来责难的目光。

这便是身处异国他乡的感觉吧。

最终，她还是没能鼓起勇气说出这句话。无奈，只能勉强挤出蚊子般的细声说：“来一杯苏打水。”肃穆的寂静充斥在整个店内，她的声音响彻了每一个角落。

听到她如此怯懦的回答，男人吃了一惊，强忍着声音笑起来。她用唇语抱怨道“搞什么鬼嘛，这气氛好诡异”，一边闹别扭似的皱了皱眉头。

调酒师一言不发地点点头，将两人点的饮料轻轻地摆到他们面前。没有附杯子。

度过了酷热而又漫长的一天，加之经历了喝不到酒的忐忑不安，男人一下子就喝干了一整瓶啤酒。然后，他怀着些许捉弄人的心情，毫不客气地用英语说道："再来一瓶。"

旁边的她抓住时机，朝着只有调酒师能看到的角度，默默地在胸前竖起两根手指，比划出V字晃了晃。调酒师转动眼珠迅速扫了一眼，再次默不作声地点了点头。然后，他从冰箱里取出两瓶大象商标的啤酒，将瓶身紧挨着并排摆到外国男人面前。

她点的啤酒竟然也放到了自己面前，男人看着这不可思议的光景，瞬间陷入了沉思。明明其中一瓶是她的，难道是调酒师误会了吗？这么想着，男人伸出手打算把酒瓶移到她面前。忽然，他意识到这并非误会。

原来如此！他恍然大悟。

调酒师为了不在她面前放啤酒瓶，才特意摆到了他跟前。这是顾虑到不敢开口点啤酒的她的体面而采取的行动。调酒师仅仅以摆放酒瓶的方式，便在瞬间虚构出一个故事——喝酒的不是她，只是男人；打破戒律的并非同族的女人，而是外国的男人。

男人看向身边的女人，她也感叹于眼前这蕴含着深思熟虑的光景，连连点头。

她悄然把手伸向男人面前拿起啤酒瓶，缩着脖子，咕嘟咕嘟地一饮而尽，然后又将瓶子放回男人面前。

看着这天的第一瓶酒，她的脸上露出顽皮的笑容。

然后，她压低声音说：

“桑给巴尔人真不错。”

这便是她在观光旅行第一天得出的结论。可以说，这是她头一次切身感受到的异国风情。

热带爱情诗

乘上拂晓发车的巴士，行驶在红土公路上，不一会儿他就昏昏欲睡起来。他双手抓住前排座椅上的扶手，任由身体随车摇晃。在晃动中他沉沉睡去，没过多久，连自己身在何方也搞不清了。无论去到世界的哪个地方，行驶于热带的巴士总是挤满了人，座位狭窄，而且充斥着动物的气味——他一边摇晃一边如此想道。一条笔直的红土公路将森林劈成两半，他所乘坐的破烂巴士一边在身后卷起滚滚尘土，一边急速行驶在赤道之上——他在睡梦中描绘着从上空俯瞰这一光景的影像。咔嗒咔嗒、咯噔咯噔、噼啪噼啪、吱嘎吱嘎……各种各样有趣的声音不断传入耳中。当这些声音戛然而止的时候，混杂着西班牙语和英语的说话声传入了耳中。他知道自己已身处伯利兹的国界。

从危地马拉越过边界进入伯利兹以后，忽然有种豁然开朗的感觉。这是由于穿过了潮湿的热带森林之后，便有海风吹拂而来的缘故。同时，也是因为从玛雅人的世界——一个在密林的神殿城市中几经兴衰离合，度过了几千年岁月的世界，突兀地切换到了加勒比海的黑人世界。再者，则是因为伯利兹是于一九八一年才宣布独立的新兴国家，还是个尚未定型的成长中的新世界。

巴士继续行驶，直至海边停下，便到了伯利兹城。他第一个下了车，满怀对新世界的兴奋，在城里漫步起来。摄政街、维多利亚大道、国王路——效仿伦敦、带着几分君主制色彩的街道比比皆是。然而，与伦敦相似的仅仅只有名称，人也好气味也好风景也好，传入耳中的语言和音乐都与旧宗主国截然不同。名称和实质之间的落差如此之大，令他差点笑出声来。城里便于步行，这让他格外开心，随心所欲地迈开步子。在不见高楼大厦，只有低矮建筑物的城中，他不停地迈着步子。从奔驰而过的汽车的收音机里，传来零星几句西班牙语歌曲和广告；从商店里传来招揽游客用的纯正英语；省略了动词变形的克里奥尔语[1]仿佛贴着地面似的从路边传来。他想，自己的的确确身在加勒比海。至于语言，只需把想到的词汇随意组合起来使用便可。人生不必收拾整理，拼花布艺、捡捡凑凑、大杂烩也不坏。

沿着河道狭窄的运河一字排开的是刷着鲜艳涂料的木结构房屋，通风极佳的阳台从四面环绕着建筑物。他忽然想起，这种建筑样式，尽管其时代、建材、设计以及意义本质都截然不同，然而在西班牙语圈，它们在字面上都同样被称为“殖民时期”样式。

1 Creole，原指出生于美洲，双亲为西班牙人的白种人。广义上指由于殖民统治而产生的语言、文化混合的现象。

他在旅馆附近侦查了一番，发现了一家小小的中式餐厅。由于前些天一直在森林中专注于玛雅古迹，面对这鲜明的异文化，他在心中惊叹一声，立刻被吸引住了。招牌上用油漆写着店名“美莉餐厅”四个大字。看得出写字人为了把笔画繁多的汉字和其他字写成同样大小费了不少工夫，还看得到失败的痕迹。会写汉字的中国人，也就是说，移居后还没经过几代的中国人在这家店里工作——他这样推断。

走进餐厅，一个胖乎乎的中国大姐满面微笑地拿着菜单迎了上来。

“You，Chinese？English？”她问道。

这家店怎么一上来就问国籍啊？虽然心中不免有些怀疑，但生性耿直的他如实作答。受到大姐简化过的英语影响，他回答说：

“No，me，Japanese.”

于是她爽朗地应了声“噢”，一边哈哈哈地笑着，一边应道“OK，OK”，递给他两本菜单。他莫名其妙地翻开一看，原来这两本分别是中文菜单和英文菜单。这时他才终于明白了问题的意义所在，不由得笑道“OK，OK”。

幸好有两本菜单。他一边喝着伯利兹唯一的国产啤酒，一边对照着手写的中文菜单和用词莫名其妙的英文菜单，慢吞吞地解读着菜品名称。然后，他选了鱼香肉末茄子和白米饭。

吃了一口，他不由低叹一声。再吃一口，他便彻底沉醉了。这家店是地地道道的中餐馆。

正如那个用蓝色油漆手写的“餐”字所示意的一样。这个字魄力十足且轮廓分明，仿佛在宣告，我们家才是正宗中餐馆，和那些遍布世界各地、已经完全迎合当地口味的“中国人经营的饭馆”有着天壤之别。没想到能在伯利兹城——这个无论和中国还是和亚洲都天各一方的城市——吃到如此地道的中餐，他不由得感慨万千。热腾腾的头顶冒着汗，他又一次搞不清自己身在何方了。

抓住爽朗的大姐来收餐盘的机会，他反复地罗列着简单的英语词汇，以此表达深深的感动。大姐一下子乐了，又哈哈地笑了起来。

仿佛能读懂她的心思一般，他清楚地领会到了这笑容里的含义——“对吧对吧，看来你是个明白人。”大姐脸上挂着笑容，嘴里念着“OK，OK”消失在厨房门口。不一会儿，她就拖着厨师从厨房走了出来。厨师是个身着白色背心的腼腆年轻人。她充满自豪地指向厨师，罗列起了单词。

“这，我弟弟，”她介绍道，“他，做菜，上海，酒店。”

动词没有变形，名词前没有冠词，整句话也没有前置词，然而这句话却完美得没有丝毫误解的余地。和姐姐形成鲜明对比、瘦得跟火柴棍儿似的弟弟一言不发，只是和善地微微笑着。把美莉姐的话串起来，他了解到姐弟二人大概是半年前来的伯利兹。很快，他便成了这家店的常客。

加勒比海的环礁被称为伯利兹观光的必行景点，他也动身去那里玩了几天。事实上，他有生以来第一次体验水肺潜水，便是在伯利兹的安伯格里斯岛。那的确是个值得一去的地方。他在水下屏息凝视黄色的大梭子鱼仿若穿行在宇宙中的列车一般畅游而过，还发现了紫色的龙虾从礁岩背后探出身子。

然后，他再次乘坐小型飞机回到了城里。当天晚上，他又去了美莉餐馆。

“You，Chinese？English？”

美莉大姐打趣地问道——这句话俨然已经成了问候语——随即便拿来两本菜单。

这天夜里，除了他还有一位客人。桌上林立着伯利兹特产贝尔金啤酒的酒瓶，客人似乎已经喝得有些飘飘然了。看样子他也是店里的常客，时不时还会跟美莉说上几句话。不一会儿，客人注意到他的目光，于是作起了自我介绍。他名叫米盖尔，出生于萨尔瓦多，在港口工作。尽管没人发问，他却操着一口既像英语又像西班牙语的独创混合语，自顾自地讲了起来——无论身在世界的哪个角落，人都能活下去，你难道不觉得吗？他的口齿越发含混不清起来。

时间渐晚，没有新客人，也没有追加点单。看到美莉空闲下来，米盖尔把她叫到桌前，充满爱怜地用双手捧住美莉丰腴的手。他听到米盖尔用西班牙语倾诉道“Te quiero mucho”[1]，说罢又翻译成英语重复了一遍。

然而，无论哪个版本的爱情表白都没能传达到美莉心里。她听着米盖尔的热情独白，仿佛手被挠痒了似的，哈哈地笑了起来。美莉转过头来，辩解似的对他说：“这人啊，疯了！”说罢又笑了起来。即便如此，米盖尔也毫不退缩。

“我来自遥远的地方。美莉，你也远道而来。对我俩来说，这里便是‘大地上的居所’[2]。你不这么认为吗？”

他感觉米盖尔一边跟尚未驾驭、无法与自己心情完美融合的语言搏斗，一边倾诉衷肠。表白的话语中似乎引用了获得诺贝尔奖的西班牙语圈诗人的代表作，是他听错了吗？

倾吐了一番自己的爱慕之情后，米盖尔站起身来，踉踉跄跄地移动脚步，把邻座的椅子拉到美莉跟前，仿佛美男子影星一般，一边行礼一边用戏剧性的手势指向椅子。

“别管那么多，先坐下来，让我们好好谈一谈吧。”

无论谁都能听到米盖尔内心如此诉说道。被他那潇洒的动作和纯粹的热情所牵引，美莉不由自主地点了点头，乖乖地坐到了椅子上。之后，两人的对话变成了听不清的窃窃私

1 “我非常喜欢你。”

2 引自智利当代著名诗人巴勃罗·聂鲁达于一九三三年发表的诗集。

语。到底那两人是用什么语言交谈的呢？包括他们本人，谁都说不清道不明。

在这位移居伯利兹半年的上海姑娘和来自萨尔瓦多的男人周围，俨然形成了一个小小的热带新世界。

看样子这首刚刚谱写的热带爱情诗，一时半会儿是无法收尾了。他无可奈何地去到厨房，把钱付给了弟弟，然后走出了店门。

为什么不穿杰拉巴[1]？

乘坐清晨的渡轮穿过直布罗陀海峡，还没过午就到达了摩洛哥。虽说是从欧洲到非洲，但距离却近在咫尺。竟然比从布宜诺斯艾利斯到蒙得维的亚、从古巴到佛罗里达更近。从海上远眺丹吉尔的风景，修建在山冈上的白墙城镇，其设计与西班牙南部的城镇可谓如出一辙。他忆起阿拉伯人征服西班牙的历史，心想原来两者处于同一条延长线上。

然而，到达目的地，走出渡轮站的瞬间，他一下子认识到，不，果然还是大不相同。不说别的，当他回过神来的时候，只见十多二十个留着大胡子的男人吵吵嚷嚷地蜂拥而至，争先恐后地把手伸向他的行李。经过了如同战场般混乱的两秒钟后，他这才意识到这些人便是摩洛哥著名的“导游”们。要说游客，必然都是去往麦加朝拜的高尚巡礼者。为游客们提供方便，保障他们在逗留期间不遇到任何困难，是城镇居民的义务，而且也算是为自己积德。据说，这种风气日益兴起，导游们为了积德竟然开始争抢起游客来了。旅行指南上写着：如果不想为这些“热情好客的男人们”而烦恼，那么

1 杰拉巴（Djellabah），摩洛哥的一种传统服饰，背后带有大大尖角帽的宽松拖地长袍。

请选择其中的一位作为导游，他会立即为你驱散其余人等。

在阿拉伯语、法语、西班牙语和英语交织在一起的混乱之中，他选择了一个中年男人。男人的衣着仿佛中世纪修道士，一袭带着尖顶连衣帽的长袍一直套到脚踝。或许是因为比起穿牛仔裤的年轻人，身着民族服装杰拉巴的中年人更显得诚实可靠吧。“我想去国际酒店。”他向男人拜托道。于是，宛如魔法一般，刹那间其他人便消失不见了。

他由导游带路来到了位于半山腰的旅馆。他谎称今天筋疲力尽不打算外出，随口说了句明天见，便打发走了导游。隔了没一会儿，他就一个人溜出去侦查附近的城镇了。擦肩而过的男人们大约一半人穿着杰拉巴，一半人身着普通衣物，但无一例外每个人都直瞪瞪地看向他。他意识到与其说是怀着敌意，不如说毫不怯懦地凝视对方乃是他们的文化使然。再往前走了一段，有家播放着音乐的小咖啡店，他决定进店里去瞧瞧。对他而言，在陌生城市第一次踏入餐饮店是一件需要勇气的事。因为诸多顾虑，途经好几家餐饮店他都没进去，导致最终错过时机，没吃成饭——这样的糗事他不知经历过多少次。正因为如此，在初次踏足的非洲，在初次到访的穆斯林国家，他打算趁着天色尚且明亮，跨越这最初的一道门槛。

这是一家看样子只有本地人光顾的乡下小店。于是，当他踏进玻璃门的瞬间，便感受到店主和五六位客人那扎人的目光朝自己射了过来。然而，他装作若无其事的样子，径直走进店内，在椅子上落座，并用手指了指貌似熟客的年轻人们正在饮用的薄荷茶。虽然并不想喝，但他也点了一杯薄荷茶。喝着甜得几乎只能品出砂糖味的透明茶水，他心里还有几分紧张。不过，很快客人们便渐渐忽略了他的存在。他慢慢习惯了这里的氛围，这才注意起了流淌在店内的音乐。凝神倾听，旋律的起伏令人心旷神怡。虽然完全听不懂歌词的意思，但节奏和鼓点都十分现代，充满了速度感，那种律动激烈地驱使着人的下半身随之舞动。然而，曲调和音程却与西洋式的音阶大相径庭，似乎所有的音都比他的乐感所预想的降了半音；演唱者的唱法中带着花腔技巧，一边婉转起伏一边气也不换地吐着词。西洋的东西和非西洋的东西、干脆利落的现代都市感和乡间小镇的哀愁之情交织在一起，保持着绝妙的平衡，简直就是远离了西方发达国家的现代地球的理想状态。

于是，他决定抓住曲子的间歇，向邻桌的一位青年询问。

“这位歌手叫什么名字啊？”

他非常想知道，以至于毫不犹豫地用西班牙语直接发问。

青年身着印有英文标志的运动夹克，露出亲昵的笑容，伸出手，报上了自己的名字——阿哈米德。阿哈米德说自己曾经在阿根廷的科尔多瓦工作过，所以会讲西班牙语。接着

问道，你喜欢这首歌吗？这音乐很不错吧。说罢微微一笑，告知了歌手的名字。那种震颤喉咙的发音让人印象深刻。

“谢布·哈立、谢布·哈立。”他学着阿哈米德的发音，念了两遍。没错，没错——尽管阿哈米德这么说了，可光知道发音还是不太有把握，而且也容易忘记。他拿出记事本拜托道：“请帮我写下来，免得忘了。”谁知阿哈米德却露出了为难的神色。阿哈米德好几次提笔，却写到一半就打住了。这个再熟悉不过的名字，若用阿拉伯语写简直易如反掌，然而要改写成字母却叫人伤透脑筋。见阿哈米德迟迟写不出来，店主按捺不住，索性从他手上抢过记事本，以麻利的动作和强有力的笔锋写下“Cheb Khaled”几个字，递了回去。“他不是摩洛哥人，是阿尔及利亚的歌手。”店主用法语补充道。

喝完茶，他刚走出咖啡店，阿哈米德就追了出来，问他是不是要去买谢布·哈立的磁带。“不，只是在城里散散步。”“是吗，其实我父亲经营一家地毯店，你不打算买条地毯吗？”“不用了，不用了。”“为什么，你不喜欢地毯吗？”“不是的，并非不喜欢，只是旅行途中没法带地毯，太重了，碍手碍脚的。”“可以邮寄，不会增加负担的。”“我的钱可不够买地毯。”“是吗，那来一套杰拉巴如何？摩洛哥的民族服装哦，可以留作纪念。”“不需要，不需要。”“去看看总可以吧，又不花钱。”

阿哈米德似乎对为巡礼者做向导的任务有所觉悟。

他被阿哈米德接二连三的推销搞得晕头转向，跟着到了他兄长经营的杰拉巴店。这家店位于市场附近，门面狭窄。很快他就被带到店内接待客人的区域，接过店家递过来的凳子，只好坐了下来。刚刚落座，薄荷茶便送到了他手上。在他喝茶的当儿，阿哈米德的兄长一件接一件地拿出了商品。灰色、褐色、黑色、紫色、白色，棉布、羊毛、混纺、聚酯纤维，还有带竖条花纹的……您想要什么样的，您比较中意哪件，哪件会让您动心？这件喜欢吗？这件可是好货，您瞧瞧这质量。您觉得贵了吗？那多少钱您会买，还个价格看看……面对连珠炮似的发问，他只能回答：其实并不想要，不打算买，只会徒增行李，也没闲钱花在这上面。“品种如此之多，竟然没有一件想要的吗！您到底想要什么！”阿哈米德兄长的自尊深受重创，最后愤愤不平地叨念起来，一副什么都买不起的穷鬼别来逛的口气。结果，他和阿哈米德双双逃也似的出了店门。

颜面尽失的阿哈米德走在来时的路上，问道：

“你讨厌杰拉巴吗？”

“倒不是讨厌，但买了也派不上用场。在日本在西班牙都没机会穿，挺浪费的。我不是摩洛哥人，根本没地方可穿。”

“不管在日本还是在哪里，不必顾虑尽管穿就是了。又暖

和又便捷，很舒服的。比普通服装更自由，既能挡风又能防沙，连衣帽还可以用来装买的东西。”

“既然这么好，那么阿哈米德，你为什么不穿杰拉巴呢?为什么穿着运动夹克和运动鞋呢?”

“这个嘛……杰拉巴的确代表着传统的摩洛哥啦，可你瞧，我这不还年轻嘛……”

“什么啊！我也还年轻着呢！虽说是外国人，可别把我当老年人看待啊!”

他十分夸张地摊开两手这么一说，阿哈米德只好服气，露出难为情的笑容，说：“抱歉抱歉。”

“那，作为赔礼，你带我去买谢布·哈立吧。比起杰拉巴，我对谢布·哈立更有兴趣。”

话音一落，阿哈米德一下子又有了干劲，迈着舞蹈般的步伐，领着他朝熟人贩卖盗版磁带的小摊走去。

这便是他每逢圣诞节便会回想起的丹吉尔之旅。他这个无亲无故的外国人，为了从只身在西班牙迎接圣诞节那种深不见底的孤独感中逃脱出来，才踏上了旅程，去往没有圣诞节的摩洛哥。不出所料那里彻彻底底不存在圣诞节。当时买的谢布·哈立的磁带，直到被偷走，都一直是他钟爱的专辑。

那时毫不迟疑地说出“我也还年轻着呢”的自己究竟多大年纪呢?他回忆起当年，不由得计算了一下。令人吃惊的是，那已是十七年前的事，当时他刚刚年满三十一岁。阿哈米德也一定只有二十一二岁。的确，是他俩无论谁都是能用“年轻”来形容的年纪。

然而，如今呢，他暗自思忖。若是现在，即便是有同样的邂逅，也不会有那时的一番对话了。吊儿郎当的阿哈米德，就算已经出色地继承了家业也不足为怪。年近四十的阿哈米德是否仍旧没个正经样地听着谢布·哈立，至今依然拒绝穿杰拉巴呢？

抑或是说，刚进入二十一世纪，世界格局便发生了急剧变化（来自摩洛哥的青年劫持了飞机），说不定阿哈米德也因此改变了想法，穿起了传统服装。而且……就算阿哈米德步上从父亲那里继承地毯店的哥哥的后尘，卖起了杰拉巴，也没什么好大惊小怪的。

卡波耶拉舞者的日常

殖民地时代的巴西首都——巴伊亚的旧城区，保留着十八世纪的风貌，恰巧被主教教堂、圣弗朗西斯科教会和卡尔莫修道院这三大教堂形成的三角形套在中间。坐落在斜面上，呈三角形的佩洛乌里尼奥广场占据着古镇的中心部分。靠着奴隶贸易和蔗糖产业发了财的人们所修建的房屋至今依然坐落于此，宛如糖果一般五颜六色。为了避开港口的湿气，首都修筑在地势较高的山丘上，能将漂浮着许许多多岛屿的宽阔港湾尽收眼底。夕阳西下，仿佛溶化在港湾中。在海岸皆朝向东方的巴西，巴伊亚是唯一一个能看到夕阳没入海平线的城市。

然而，随着时代变化，按十八世纪标准所建的城市愈发不便。道路狭窄无法停车；石砌的房屋很难铺设自来水管道和电线；空间颇高的五层楼房没装电梯；无法安装空调。为了追求更为时髦的生活，富裕阶层逐渐移居新城，慢慢地人们也随之离弃了旧城，对其放任不顾。对于佩洛乌里尼奥而言，二十世纪是衰落的百年。

并排在石板坡道两边的奴隶主住宅，历经严酷的热带风雨，一旦无人拾掇，很快地，墙面便颜色剥落，长出了青苔，渐渐发黑，到处都开始腐朽。而过去的奴隶的子孙们在被弃置不管、疮痍遍布的房子里面安了家。结果，一九九〇年的佩洛乌里尼奥，包括一部分瓦解的建筑物，已经完全沦为了贫民街。尽管佩洛乌里尼奥的街道于一九八五年被联合国教科文组织指定为世界文化遗产，但那里的居民却对此一无所知。穿过高大漂亮的拱形门，走进残留的建筑物，沿着磨损严重的阶梯走上二楼，只见阴暗而狭窄的过道两侧，排列着一个个用单薄的胶合板隔开的小房间。而且，在每个小房间里，子嗣成群的非裔巴西人家庭穷尽一切智慧，经营着简朴而又嘈杂的生活。

伊塞亚斯和希齐妮亚也和两个年幼的孩子一起生活在这样的小房间里——六张榻榻米大小的房间被两张床和餐桌，以及在巴西绝不可少的电视机塞得满满当当。甚至还有一台相对于房间的面积而言显得过于庞大的带烤箱的燃气灶。这是因为，希齐妮亚从年轻时起就一直做女佣，有一手好厨艺。不过，烤箱部分已经被当作装餐具的柜子使用了很久。伊塞亚斯骄傲地自称卡波耶拉舞者，却几乎没什么收入。希齐妮亚在一家名为“动物赌博”的违法彩票店里帮工，勉勉强强赚点伙食费。不过，这也仅限于将尚未入学的孩子们托给别人照顾的时候，因而生活总是捉襟见肘。几星期前，电视坏掉了。对她而言，看不成每天晚上的电视连续剧无疑是一大重创，可是却出不起修理费。

所谓卡波耶拉舞者，是指擅于卡波耶拉——一种奴隶们之间仅以腿法进行战斗的格斗术——的男人们。过去，卡波耶拉作为一种格斗术，的确具有实用性，但如今不伤及对方已经成为原则。所以，比起格斗，倒是突显出它结合音乐进行演武这一特点，虽然相当激烈，但未必不可视为优美的身体艺术。于是，每每被亲戚长辈说教“家里又有孩子，你也该正经干活儿，帮希齐妮亚减轻负担”的时候，伊塞亚斯总是满怀自信地坚持己见——自己是艺术家，才不想干平凡的工作，而且就算去工作，反正也挣不了几个钱。

卡波耶拉舞者的生活充满了不稳定因素。其中也不乏开设教室从事传授的人，但为此必须租借宽敞的练习场地。加之卡波耶拉本来就被看作是不干正经行当的黑人小混混搞的玩意儿，很长一段时间甚至属于违法活动。因为被富裕阶层的人们视作歪门邪道，所以要召集到足够多的付得起学费的弟子，除非是声名远扬的高手，否则相当困难。偏偏缴不起钱的人才想学卡波耶拉。

那么，卡波耶拉舞者究竟要做些什么？说到底，无非就是五六个人结成一队，表演给观众看罢了。在游客众多的夏季，如果运气够好，还能在临海的酒店找到卡波耶拉秀的工作。然而，卡波耶拉舞者的人数远远多于表演工作的数量，因此，整个夏天有一两次被叫去参加表演就算相当不错了，

yukie

几乎没法指望靠这个过活。而且，如果只是作为团队的一员参与熟人找来的工作，自然无法得知薪酬的总额，只能接受领队定下的报酬。结果，总是会因为只能拿到跟期许相去甚远的可怜小钱而发生口角，搞得不欢而散。

如果找不到酒店的工作，就只有前往市内人流比较集中的战略性地点，在广场上进行表演。在拨铃波琴和巴西手鼓这两种乐器的伴奏下，同伴们唱着歌围成一圈，两人一组在圆圈中间表演，然后从聚集过来的观众那里得到赏钱。不过，巴伊亚本地人绝对不会付钱给卡波耶拉舞者，所以，若非在外国人以及圣保罗等南部地区过来的巴西游客比较集中的地方，表演就没有任何意义。这样一来，表演场所便十分有限。然而，如果误入对手团队的地盘，或是偶然在同一个地方撞上，便会发生争执。卡波耶拉舞者又都或多或少跟见不得人的世界有些关联，他们个个穷困潦倒，加上战斗能力超群，一旦起了争执，很容易发展成阴惨的对峙。对此需要格外留神，也是事实。

即便如此，伊塞亚斯也不得不赶在希齐妮亚忍无可忍之前，赶紧赚点现金回去。说到在佩洛乌里尼奥游客最为集中的地方，自然要数 Cantina da Lua——一家名为“月光酒家”的酒馆，它位于进入旧城区必经的街角，位置绝佳。在那里大白天就能喝到酒，若是想喝巴伊亚的名产“丁香酒”——就是用甘蔗白酒“卡莎萨”浸泡丁香而成——那这家店不容错过。无论哪本旅游指南上都必定会推荐这家老字号。店外有宽敞的露天座席，卖花生的小孩和提着炭火炉卖烤奶酪的小贩之流在席间叫卖，店家也睁只眼闭只眼。作为巴伊亚风味十足的老字号酒馆，它颇具人气。在处于崩溃边缘的贫民街佩洛乌里尼奥，几乎没有其他像样的餐饮店，并且——这点尤为关键——只有“月光酒家”位于安全的一角。因此，来到佩洛乌里尼奥的游客，没有谁不在店里喝上一杯的。

星期日的下午，瞄准了游客比较多的时间段，伊塞亚斯他们六人在酒馆前的人行道上汇合了。裸露出上半身，省略掉开场白，他们突然开始了表演。那天有两位乐器高手伴奏，大家都痛痛快快地跳起了卡波耶拉。开始是如同树懒一般的缓慢动作，然后众人一边轮流着跳主角一边徐徐加速，最后则是节奏紧迫的高速旋转的招数，快得连视线都追不上，若是被击中一定当场晕厥。十五分钟左右的表演，一气呵成。观众也被舞者们的热情所感染，有些人从座席上起身靠近他们组成的圆环，有些人则不断按下快门。人群中自然而然地爆发出了阵阵掌声，实在是难得一遇的巨大成功。

表演一结束，伊塞亚斯挥洒着汗水，气喘吁吁地端着拉斯塔色[1]的帽子，去座席之间游走。他感受到了观众的反

1 拉斯塔色（Rasta color），指黑、红、绿、黄四色的配色，为拉斯特法里运动的实践者们所使用。拉斯特法里运动（Rastafari Movement），或拉斯特法里主义（Rastafarianism），是二十世纪三十年代以牙买加劳动阶层及农民为中心兴起的宗教思想运动，随着雷鬼音乐风靡全球。

响——有人拍拍他的肩，有人要求与他握手。相当于一美元、两美元的金额也顺顺当当落进了帽子里。若是按天算，当地最低酬劳标准大约不到三美元，要是所有观众都能给一美元左右，那么就有不错的收入了。伊塞亚斯在席间穿行，来到了一位不断拍照的观众跟前。“喜欢我们的表演吗?”他露出笑容招呼道，期求赏钱。伊塞亚斯心想，拍照的人理应比只是观看的人给得多。

谁知对方一脸含糊的表情，拒绝付钱。伊塞亚斯表现出吃惊的样子，指了指自己额头上的汗珠，又以动作示意团队成员很多，想要说服客人。然而对方却仗着语言不通，只是在眼前晃了晃食指，并不回应他的要求。伊塞亚斯不死心地指着相机，示意“既然拍了照，好歹把这份钱付了吧”，一边向客人逼近过去。对方感到了畏惧，伸手在他的胸膛上推了一把。见此情景，其他成员围了上来。事情发展成了一方要钱一方不给的争吵。甚至有成员脱口而出“不给钱就把照片还来”，争吵最终升级到了肢体冲突。

“糟糕!”这个想法闪过脑海的瞬间，伊塞亚斯察觉到周围座席的客人都齐刷刷地站起身来，从视野里消失了。幸亏自己训练有素，他的余光越过人群的肩头，在视野的边缘发现了宪兵四人组正从广场向露天座席走来。佩洛乌里尼奥之所以会有宪兵巡逻，跟它被指定为世界遗产一定脱不了干系。

伊塞亚斯刹那间往后一退，张开双臂制止了同伴。帽子

yukie

里还没攒到能供大家平分的金额。他心里明白一定会有人抱怨，不过，赶在店主出来投诉妨害营业之前撤离才是上策。前不久，就有别的卡波耶拉舞者在同一个地方，因为扰乱秩序而被扣在拘留所三天三夜。看来只能放弃了。

“Beleza[1]！放心吧，中士！一点儿问题都没有。”

伊塞亚斯高高地竖起大拇指，高声喊道。宪兵队长闻声停住了脚步，默默地瞪着他。伊塞亚斯率领同伴们离开酒馆的地盘，装出什么事都没发生的样子迈开脚步。然而，出乎意料地，客人们中间响起了零零星星的掌声。掌声蔓延开来，进而沸腾，仿佛成群的鸽子一般追逐着伊塞亚斯他们。

拒绝给赏钱的客人一脸责任不在自己的表情，摊开双手耸了耸肩，期待着其他客人的反应。然而，将事情的来龙去脉看在眼里的人们，鄙弃地摇着头，回到了各自的座席，用各自的语言低声指责他的吝啬。甚至有人故意大声讽刺道：“真是个可悲的家伙，连照片钱都舍不得！”拍照的男人最终躲躲藏藏地逃走了。

“不过，掌声可没法填饱肚子啊。”伊塞亚斯这么想着，朝着家的方向走下了斜坡。希齐妮亚的面容浮现在眼前。看来修电视还得再等上一阵了。

1 葡萄牙语，用于形容人、物、事以及风景美丽漂亮。

曼丁戈的潜水少年

可以说，访游曼丁戈是二十年前便已萌发的念头。

在旅途中，他听说了这样一段轶闻。

在墨西哥的海港——韦拉克鲁斯的郊外，有个叫做曼丁戈[1]的村落。正如它的名字所昭示的那样，这地方曾经是非洲奴隶居住的村庄。因为韦拉克鲁斯曾是墨西哥首屈一指的奴隶输入港。还有一种说法是，在解放了参与独立战争的黑人奴隶后，赏赐给他们的土地便是这里。

曼丁戈有海水和淡水混合的环礁湖，是海产品的宝库，尤其以盛产牡蛎而闻名。岸边，高大的罗望子树枝繁叶茂，树荫下建有几间比棚屋稍胜一筹的小食堂，向着水面探出身子。进到土里土气的店内，只见面向水滨的地方有几个黑白混血的男孩无所事事地聚在一块儿，菜单上写着地方菜，诸如“韦拉克鲁斯风味炖鲷鱼”“蟹壳烧烤”之类。但是，招牌菜并不是这些。最好吃的还是牡蛎。向店主询问：“有牡蛎吗？”店主便会回答：“当然有啦。”

店主接着会问：“Cuántos[2]？你要多少？”

---

1 曼丁戈（Mandingo）族，为西非内陆的黑人民族之一。亦称“曼丁卡”“曼丁加”。

2 西班牙语，意为：多少。

于是回答："我想想，那就要一打吧。"

"佩德罗！来一打牡蛎！"

店主这么一喊，一个男孩子便扑通一声跳进水里。咕噜咕噜地下潜，约摸三分钟后，随着一声"来啦！"，男孩就按要求捕获来一怀牡蛎。所以啊，要吃到世界第一的牡蛎，只能去曼丁戈了不是吗？——便是这样一段趣闻。

当自家的儿子念到小学中年级，跟这段趣闻里的男孩子们年纪相仿的时候，他忽然想起了这件事，并且觉得是时候一起去一趟了。

算起来这是时隔十五年再访墨西哥了。曾经有段时间，他每隔一年便会来一次。然而近十五年，他去了非洲，去了巴西，在这期间又是结婚，又是出逃，还要育儿，人生的混乱接踵而至，哪里还顾得上去墨西哥吃牡蛎。

不知这十五年的空窗期算长还是短，不过一到达墨西哥城，他便察觉到了巨大的变化。在机场坐上了出租车，司机系着安全带。他惊得哑口无言。打量四周，无论哪辆车上，大家都系着安全带。而说到从前，无论什么车，安全带不过是在车窗附近摇摇晃晃的碍事东西，所以把安全带紧紧地捆成一小团是理所当然的事。

这个变化格外引人注目。无疑，这意味着生命的价值有了大幅提升。能看出人们对健康的执着也随之变得强烈了。

到处都在大量出售塑料瓶装的矿泉水，年轻人之间似乎流行随身携带两升装的大瓶矿泉水。这崭新的景象让人禁不住感叹这便是全球化吧。之所以这么说，是因为众所周知，墨西哥的自来水不干净，人们甚至借用古代阿兹特克人最后的国王之名，称其为“蒙特祖马的报复”。以前的自卫手段，充其量也就是在自来水里面滴上几滴碘酒一类的消毒液后再使用，或是把水烧开以后才喝。若是去乡下旅行，就只能喝可乐或是啤酒来代替水，甚至有用可乐来刷牙的笑话。

不过，仔细想想，或许变化最大的还是他自己。二十年前，他拥有孤身一人奔赴任何地方的勇气，也无牵无挂。但这次，取而代之的是和十一岁的儿子的二人旅行，不能轻易地投入冒险中去。话虽如此，又必须带儿子领略美好事物。看样子会是一趟复杂的旅行。

他花了几天时间在墨西哥城进行“操练”。乘坐甲壳虫出租车满城跑，作为恢复讨价还价灵感的练习。面对副驾驶座位已被卸下的双门出租车，儿子大吃一惊，专注地听着父亲讨价还价，并一声不吭地仔细观察司机，下车后还会对司机的相貌发表一番评论：“刚才的司机一脸凶相跟坏人似的，其实人倒是很亲切呢。”

两人克服了“蒙特祖马的报复”，乘上了开往韦拉克鲁斯的巴士。

越过山脉到达了韦拉克鲁斯，两人便径直前往事先预订好的位于莫坎博海滩的酒店。“莫坎博”这个词的意思是逃亡奴隶村。他正是盯上了这个巧合。由这样的地名可以推测这里曾经有过逃亡奴隶的村落，那么与曼丁戈的由来也应该大有渊源。然而，如今的莫坎博已完全被韦拉克鲁斯的市区所吞噬，除了名字之外，逃亡奴隶村的痕迹已经荡然无存。

艺术风格的“莫坎博酒店”是旧式海滨浴场酒店。庄重又颇具现代意趣的宽阔场地，仿佛上世纪五十年代，黄金时代的墨西哥电影的明星们曾昂首阔步于此；游泳池、露台、餐厅和吧台分布其间，极富层次感；沿庭园而下还能走到海滩。儿子彻底迷上了刺激的水上滑梯和跳台的游泳池，和前来度假的墨西哥小孩们混在一起，从早到晚都扑通扑通地往水里扎。他也趁着这整整两天的时间冷却了一下焦躁的心。这之后，好不容易才为了星期日的午餐向着曼丁戈出发了。

除了出租车便没有其他的交通工具，于是父子俩乘上了停在酒店门口的车。车程还不到二十分钟。出了市区过了河，穿过稀稀疏疏的丛林，朝背海的方向拐弯，驶下坡道，便进入了一片漫无边际的村落。笔直的公路干燥到了极点，灼热得泛出白光。出租车小心翼翼地在尘土飞扬、坑坑洼洼的路上缓缓行驶，在路的左侧，十多间高高竖起花哨招牌的餐厅鳞次栉比。坐在为了避开凹坑而蜿蜒前行的车里，也能看到在建筑物背后延展开来的湖泊。而且……人行道边上的的确确种着茂盛的罗望子树，投下一片浓浓的树荫。没错！虽然和他当初听说的小棚屋相比要气派得多，但这里正是他梦寐以求的曼丁戈。

也不知道哪家店比较好，于是听司机的介绍，进了他朋友开的店。无论哪家店风格都差不多，都面向环礁湖敞开，室内摆放着印有啤酒厂商标志的桌椅。演奏韦拉克鲁斯地方传统音乐——“夏洛楚颂乐”的小乐团四处巡回，甚至还有头顶盛了水的杯子跳舞的舞女。以歌舞为伴奏，墨西哥游客一家人和乐融融的丰盛午餐就要在每一张餐桌上拉开序幕。

这里真的没问题吗？一丝担忧划过他的脑海，不过显然已经没有退路了。

他向拿来菜单的服务员问道：

“有牡蛎吗？”

“当然有啦，不过现在这个季节个头比较小。您要来几个呢？”

这番对话便是接头暗号。一定没错。

于是他干劲十足地一口气点了一打。此外什么都无所谓了。他心不在焉地随意点了几个当地菜品——鲜虾鸡尾酒沙拉、海鲜汤、韦拉克鲁斯风味炖鲷鱼。

“佩德罗！来一打牡蛎！”

——老板的喊声一定只是他的想入非非。扑通一声跳入水中的潜水少年的身姿呢……他四处张望……却根本不见

yukie

踪影。

被他反复灌输了潜水少年的趣事，期待着一睹绝技的儿子，看了一眼盘子里十二个瘦小的牡蛎壳，加之本来就讨厌贝类和鱼类，于是用挑衅的口吻说：

“你怕是被骗了吧？”

搞不好真是这样。说不定真的只是被耍了。

他的自信动摇了。或许是他虚构出了自娱自乐的妄想。

可是，不对。一定……大概不是这样。

是时代变了。因为，如今让小孩潜水捞牡蛎的话，就是雇用童工，一定会被看作虐待儿童的。

吃完了郁闷落寞的午餐，迈步走到了烈日下。路边有人在卖绿椰子，他买了一个。黝黑得像一道影子的小贩挥舞起大刀朝着左手拿着的椰子砍了三四回，咔嚓咔嚓地切掉了顶部，然后手腕忽地一拧，在椰果上开了个洞。父子俩交替用一根吸管喝着椰汁。儿子是打出生头一次喝椰汁。那种说不上是甜还是咸，却能一下子把焦躁和失望冲刷得一干二净的味道，正是热带的恬淡。

喝完之后，儿子捧着比自己的脸还大的椰子，问道：

“这个要怎么办？”

他从儿子手里接过椰子，递给小贩，拜托道：

“麻烦给劈开。”

“劈开”椰子这个动词自然而然地脱口而出，他一下子找回了自信。他从分成两半的椰子里咕嘟一下剥下果肉，示范给儿子看。果肉有些熟透略微发硬，父子俩各自啃着一半，一边迈开了步子。

走着走着就会碰到出租车吧。扬招到出租车就去韦拉克鲁斯水族馆。据说那里能从下方仰望鲨鱼的肚皮呢。

非洲的待客之道

在餐车里享用了豪华的英式早餐，正在打扮的当儿，列车到达了终点站，位于肯尼亚和乌干达国界边上的城市——马拉巴。从内罗毕乘火车到这里下车，前方约摸一百米便是国境线，任何人都可以徒步跨过。

无论是下车的时候，还是出站的时候，他都落在了最后。日本男人、他的伴侣阿米娜以及她的同乡朋友娜西姆一行三人。虽然仅有三人，却有五六件大行李，光是从车上搬下来就够呛了。仅仅是这项搬运工作就已经让男人心烦意乱。行李如此之多，是因为阿米娜睽违四年返乡，给所有能想得到的亲戚都买了礼物的缘故。

“所以我不是早说了吗，行李实在太多了！”

“都是必要的东西啊，有什么办法！”

从开始准备这趟旅行的时候起，两人因为礼物而起的争吵便好似夫妻相声，演了一场又一场。

作为应对人群的突击队长，娜西姆比两人先下车，她被一群嘴里高喊着“波达波达”——搬运东西到国境线的出租自行车（通称“波达波达”）——的少年们包围着，已经和他们讨价还价起来。不一会儿，她就豪爽地雇了四辆车。并不是租来让人骑，她打算让每辆波达波达都搬运一个大行李箱。从列车上卸下行李的时候便已经注定得慷慨解囊，这使得男人更加不高兴了。因为他严于律己，或者说有着清教徒的思维方式，觉得就算辛苦，也要控制无谓的花销，认为自己的东西自己搬乃是理所当然。说白了，就是有些吝啬。再加上他心存怀疑，害怕自行车带着行李跑掉。

于是，为了不让人觉得他抠门，他强调行李可能被拐走这点，以此来抗议。娜西姆以教导人的口吻说：

“不必担心。这里和内罗毕不一样。乌干达人经历了残酷的战争，才不愿为了这种小事起争执呢。”

反政府游击队出身的她这么说道。眼看着四辆波达波达丢下缓缓行走的他们，径直朝着国界的检查站奔去，她也没有表现出丝毫惊慌。

关于乌干达的内战，他听说的全是凄惨的故事，而且战争结束也才经过七年时间，所以不免有些紧张，然而国界却是一派轻松的景象。设在两国之间的道闸，挡杆高高竖起，畅通无阻，仿佛在历史上从不曾闭合过一样。他们在肯尼亚的边检站办理出境手续，然后带领在一旁等候的波达波达通过道闸，往前步行了五十米左右，到乌干达的边检站办理入境手续。

被问及访问目的，只需如实回答“去拜访女朋友的母亲”。被问及目的地，只需告知远在两百公里外的阿米娜故乡小镇的名字即可。“目的明确的旅行”不需要任何隐瞒和弄虚作假，这种简洁明快缓解了他初次体验在非洲穿越国境线的紧张感。对于他的一个个回答，乌干达的边检官温和地点头肯定，用标准的英语说了句“祝您旅途平安”，将他们送出了边检站。

一行人进入了乌干达的城镇。说是城镇，只不过是有一条直路贯穿的地方罢了，路面干燥得晃眼。公路的一侧有几家杂货店和饭馆还在营业，但顶着正午的烈日走动的，广阔的宇宙之间也只有他们几人。路过并排着几家店铺的地方，女人们迅速选定了一家饭馆，指挥波达波达的年轻人们卸下行李。见此情景，他慌忙阻止道：

“慢着慢着，你们这是在干什么？我们不是要去巴士车站吗？前面的路还长得很，可没工夫让你们休息。”

听了他的疑问，她们解释说现在这个时间没车，所以只能乘出租车去最近的城镇托罗罗。

“那我们马上去找出租车啊。出租车停车点在哪儿？”

“慢点慢点，不用急。”娜西姆劝说道，“慌忙起来会落下东西，还会出差错。不要紧，一切都会顺利的。”

没有人理会他还在手舞足蹈地反驳，径直把行李一件件地搬进了饭馆。最后，他气势汹汹地在烈日下叉开双腿站定，用语言发起致命一击：

“首先，钱还没有兑换！进到店里也没钱可付！”

阿米娜无视这个显而易见的道理，天真烂漫地问：

“吃什么好呢？乌伽黎？还是马托基？”

乌伽黎，乃是用玉米面粉蒸制后做成的，是肯尼亚绝对的主食。而与此相对，马托基却是乌干达特有的主食，把生涩的青芭蕉煮熟后捣碎做成芭蕉饭。在店里能吃到马托基便是身在乌干达的证明。在乌干达土生土长的她因此高兴得忘乎所以。

“吃什么都无所谓！”他丢下这句话，用余光瞅着女人们和店员们咯咯地相视而笑，故意重重地坐在稍远的座位上。

他赌气地坐了一会儿，也不知从哪儿冒出两个身强力壮的年轻人，戴着雷朋式墨镜，手上毫不遮掩地拿着厚厚一叠纸币——是外币兑换商。

“真有一套！”他也不由得在心里暗自感叹，“竟然会上门服务，这便是乌干达的待客之道吗？”刚才他一直心浮气躁，完全没察觉，其实是女人们拜托店家派了个年轻人去叫他们来的。

娜西姆和兑换商嘀嘀咕咕地低声交谈，对话时而夹着长长的间隔，分不清是不是在闲聊。不一会儿，娜西姆告知了交涉结果：“他们说按这个汇率算，可以吗？”他无法判断这个汇率划不划算，正当犹豫不决之时，兑换商递上一份印着当天日期的小报给他，让他比较一下报上首都坎帕拉的前日

汇率。的确，兑换商的汇率并不差。即便如此，他还是心存疑虑，总觉得再往前走走，到了大点的城镇，或许能遇到更划算的汇率。说不定到了阿米娜的故乡小镇，会有更想换美元的人，能以更有利的汇率兑换到钱——他被蒸腾而起的烟霭一般的贪念蒙蔽了双眼。兑换商察觉到他的想法，平静地用英语说：

“到索罗蒂兑换美元会更困难。乡下没人需要美元的。趁现在兑换好逗留期间需要的钱比较明智。”

娜西姆听了这话也重重地点了点头表示可信。于是他决定索性兑换一千美元。

兑换商当着大家的面，灵巧地操纵着粗壮的手指，点清大把的乌干达先令，递了过来。厚得跟砖头似的一叠纸币，每十张折成一束。他因在南美兑外币时被动过手脚，故接过钱之后便为了确认金额清点了起来。一旁的阿米娜如同小鸟悲鸣一般嚷了起来：

“别数了！”

然而，架着雷朋墨镜的兑换商却十分大度地伸手制止了她。

“不，没关系。”

既然已经起了头，他用笨拙的手势点清纸币，直到最后一张。分毫不差。

然后，他掏出美元递了出去。兑换商数也不数便揣进了口袋，伸出健壮的手，说了句“祝您旅途平安”后，像风一般离开了。

反刍着刚才打交道的过程，他吃了在乌干达的第一顿饭——将马托基泡在满是肉末的花生味酱料里食用。店家给他单独准备了叉子，可他效仿另外两人，去饭馆后院用塑料杯舀起储在铁桶里的水洗手，然后直接用手抓着吃。味道浓郁，美味得仿佛要渗入身体。他的心情豁然开朗。马托基如同捣碎的芋头一般黏滑，丝毫不妨碍菜的味道，可谓理想的主食。在国界附近没有其他客人的饭馆里吃到如此美味的菜肴，这个国家一定不坏。

三人慢慢地吃完饭，正准备上路的时候，一辆竖着尾翼的浅蓝色标致 404 一个刹车停在了店门口。原来是开往托罗罗的出租车。这是一辆久经非洲严峻路况磨炼的车。

娜西姆朝向他抿嘴一笑。

“瞧，我说过吧，这就是乌干达的待客之道哦。”她想说的，他已心领神会。

初试腓秀雅杂

离开长时间逗留的旅馆，搬入公寓后，大约过了三周的某天，他一时兴起出门买了台电冰箱。

长期以来，他憧憬着简朴而原始的生活，仅有餐桌、椅子和床，听不到电器噪音。因而他一直拒绝电气产品，以免污染房间，其中电冰箱首当其冲。然而，事实上他很快就明白了，凭他的食欲等级和处理家务能力的水准，离开电冰箱，根本无法在家自己做饭。巴伊亚的气候使得食品很快变质，而且，一转眼就聚集过来许多虫子，尤其是蚂蚁，搞得没法收拾局面。最后，无非是在和自己较劲，看没有电冰箱的生活能坚持到什么时候。而且到了夏天也想喝点冷饮，电冰箱的必要性有增无减。最终，他下定了决心——既然总有一天要买，就别老跟自己过不去赶紧买了为好。

从公寓出来走下斜坡，便是上世纪三十年代的著名歌曲里唱到的“萨帕特洛的庶民街”——保持着旧时风貌，面向普通百姓的大型商店街。那里有廉价贩卖家电制品的商店，三百五十美元就能买到具备基本功能的电冰箱。正值通货膨胀严重，年率超过 1000% 的时代，店家预备了种种赌博式的选项——价格高低由支付方式决定。他搞不懂哪种最划算，选择了一半现金一半刷信用卡的支付方式。信用卡结算是在一个月后，等到那时这笔钱就该贬值了，于是消费者会因为通胀率造成的落差而感觉捡到了便宜——就是这样一种运作方式。到了最后，店员告知若是普通送货，要一周后才能送到，如果再付二十美元则可以当日送货，他听后无言以对。但既然是抱着掀起一场革命的心情而来，那么哪怕只是一天也不打算再等，他十分爽快地付了额外的费用。正要回家，发现同一卖场的角落在出售厨房用的果汁机，他不由惊得屏住了呼吸。然后，一咬牙买了下来。

到了下午，商品如期而至，闪着雪白光芒的电冰箱被安置到了空荡荡的厨房一角。中年送货人忠告他，在制冷剂稳定之前不要通电，要等三十分钟。说完擦了擦滑落的汗水，留下一句“祝贺你”就离开了。这句饱含真情的话永远刻印在了他的心里。

他耐心地等到傍晚，看到冰块凝结了，才把芒果、菠萝、水、冰块和砂糖放进果汁机里搅拌起来。令人大吃一惊的响声，回荡在理应不该有丝毫响动的房间里，他不由得有些畏首畏尾。重新通电又搅拌了六十秒左右，果汁机发出阵阵轰鸣，他打从心底感到喜悦，胸中充满了自豪。这是他有生以来拥有的第一台果汁机，有生以来第一次亲手做果汁。在这间没有一件家电产品的公寓房里，这是历史上首次发出的巨大声响。加上水、冰和砂糖，当场榨出的果汁，才称得上是巴西的饮料。为榨果汁而运转的果汁机的声响，才是巴西的声音。这才是巴西式的生活，这才是自己想做的事，他想。

他站在窗边，望着被烈日晒得耀眼的后院，一边咕嘟咕嘟地喝着冰凉得腮帮子发疼的果汁。不必吝啬，爱喝多少都行。从今以后，随时都能喝，随便喝多少都成。他学着在路边的果汁摊点单的样子叫出了果汁的名字——“Suco de Manga e Abacaxi”[1]。忍不住笑了出来。

当初租借公寓的时候，他的朋友就说过，得搞一次公寓“拆封”派对才行。现在电冰箱也有了，于是他想，终于迎来了时机。老早以前纳尔瓦就说过：“如果要搞派对，我就做一道腓秀雅杂。”他偶然透露了想法，谁知她一下子热情高涨，就这样进入了一个忙得不可开交的周末。纳尔瓦说，若是星期日做腓秀雅杂的话，得从星期六就开始炖。于是倒推时间，必须在星期五下午去采购材料。如果做传统的腓秀雅杂，则需要许多材料，以猪脚、猪尾、猪耳为首，还有腊肠、牛五花肉和腌肉，以及各种内脏。想要全部买齐的话，附近的超市还不行，得去最具传统特色的赛特珀塔斯的市场，于是他带着纳尔瓦和荷萨两人踏上了远征之路。

他心想既然要做，索性就照传统的方法烹饪，甚至预先

1 葡萄牙语，意为芒果菠萝汁。

买好了炭炉和木炭。这是从路边贩卖巴伊亚本地菜肴的大婶们那儿学来的，可纳尔瓦和荷萨看后却对此嗤之以鼻，断然拒绝了用炭火烹饪。火力太小浪费时间，没法调节火力不好用，只有一个炉子赶不上烹调速度，不用火的时候炭也一直烧着特别热……两人列举出源于亲身体验的具体理由。“首先，”荷萨给了致命一击，“用木炭烹饪可是违法的。因为烧木炭中毒死掉了不少人呢。”

星期六下午，在纳尔瓦的号令之下，烹饪拉开了序幕。哗啦啦地清洗了肉类，放进不知为何目的而买的塑料洗脸盆里，用醋浸泡，然后厚厚地抹上一层孜然粉和红椒粉。腌肉洗好之后放进空锅里直接大火加热。接下来加水，为了去掉咸味需要换好几次水，不过一旦水烧沸了反而会“把盐分锁在肉里”弄巧成拙，所以一点儿都不能掉以轻心。荷萨负责肉，他则和纳尔瓦一起坐在桌边甄选豆子。有名的里约热内卢的腓秀雅杂用的是黑芸豆，而巴伊亚流派用的却是茶色豆子。抓一把豆子放在盘子里，一粒一粒地筛选，把被虫蛀过的、裂开的、长得不好的都剔出来。要对五公斤的豆子进行这项作业，需要集中注意力，而且又花时间又劳神。纳尔瓦嘱咐道：“最关键的一点是，不要看漏了长得像豆子的小石子。嚼到石子会把牙硌缺的，石子可是大问题哦。”事实上，里面真混着不少跟豆子大小相仿的小石子，还有豆角的枝和蒂之类的东西。

两人默默地埋头干着挑拣工作，纳尔瓦突然惊叫出声。“噢，天呐！”她感叹道，“干着拣豆子的活儿，总觉得妈妈就坐在身边，不由得让我回想起小时候。那时我每天都得干这活儿。要是菜里面混进了石子，就会怪在我头上，又是挨骂又是挨揍的。不过，和妈妈一起，一边干活儿一边听了好多故事，也是在挑拣豆子的时候呢……”

巴西产的芸豆颗粒很小，所以在肉都煮熟之后再放进去就行。豆只需要泡两三个小时。放入豆子，再把切碎的洋葱、香菜、番茄、青椒等材料加入大锅内，就万事俱备了，接下来时间自会完成这道菜。这样一来，只需要派对当天煮上米饭，再准备好辣椒酱料就大功告成了。

星期日，太阳西斜的时候，客人们陆陆续续地到了。一开始只来了他亲自邀请的十人，派对安静得让人忐忑不安。不过，随着夜色渐深，朋友的朋友、朋友的朋友的朋友加入进来，不知不觉房间里就挤满了人。连经常在广场上打招呼却喊不出名字的相识，以及既没见过面又不知道名字的陌生人——各种关系的人都聚在了一起。甚至还有几个阿根廷、西班牙的游客跟着荷萨来凑热闹。派对中途，他在人群中数了数，总共竟有二十五人，大家各自随意坐在地上吃吃喝喝，或是在拉着晾衣绳的后院里手舞足蹈。回过神来的时候，一轮大大的满月已经升起在了后院的墙头上。

纳尔瓦的腓秀雅杂受到压倒性的一致好评，人人都想要再来一碗。纳尔瓦亲自在厨房摆好架势，冷静公平地分配食物。多亏有她在，虽然肉已经没了，但好歹给姗姗来迟的拨铃波琴演奏者盛了豆子和米饭。事先准备的一箱啤酒和三瓶原浆甘蔗酒眨眼工夫就见了底，中途甚至有自愿者募集资金，补充了一些回来。只准备了十五只玻璃杯，全因为他估算失误，以为顶多只会来这么多人，着实是一大失败，不过，毕竟这是他有生以来第一次开派对，也是第一次做腓秀雅杂，即便估算上有些差池也无关紧要。纳尔瓦一直陪他到最后，然后领着一群阿根廷人跳雷鬼舞去了。过了半夜，在所有人都告辞后的废墟之中，他屈指清点客人面孔的推移变化，才发现来参加派对的人数竟然不低于四十人。

自那之后过了大约半年，他正纳闷着最近都没见到纳尔瓦，没想到从荷萨那里听说了意料之外的事实——据说派对之后，纳尔瓦和那天来他家的阿根廷人成了一对，启程去了布宜诺斯艾利斯。

挂吊床的地方

她辞去作为住宿员工在马赛马拉的酒店干了一年半的前台接待员工作，回到了内罗毕。她谈起这事儿，丈夫却并不怎么吃惊。他早就知道这个工作问题多多，而且也曾听她说过酒店三番五次延期发放薪水的事，所以一直认为她早晚会辞职。说是丈夫，其实是前夫，趁她去马赛马拉的时候，和一个非洲女人跑了。他从前就有个习惯，听人讲话的时候总是会过于频繁地点头。她看着他那滑稽样，虽然还有一丝勉强，但好歹用颇具喜剧色彩的口吻讲出了辞职的来龙去脉。

两人离婚后已经过了一年，但同在肯尼亚生活的日本人为数不多，于是他俩每半年总会联络一次，一起吃顿饭。这回也不例外，她把他叫到以前两人经常一起光顾的纳亚玛·楚玛店。纳亚玛·楚玛就是指用炭火炙烤的山羊肉，在肯尼亚，这可是最令人欢喜的大餐。这家店开在当地中档酒店的庭院里，客人多是有点派头的中年肯尼亚男人。店里总是热热闹闹，讲话时不得不大声嚷嚷，完全没法保持静默，这也是这家店的优点所在。

用炭火炙烤三十分钟左右，半只山羊的肋排便烤好了。既非厨师也非服务员，而由专门的切割师傅将整块肋排端上桌，用像柴刀一样大的菜刀巧妙地切割成适合入口的大小。两人默默地看着。这家店特别讲究，唯有切割工序交由擅长使刀以及料理肉类的马赛族等游牧民族的员工来做。趁着漫长的等待时间，她已经把辞职的来龙去脉以及将来的打算大致讲了一遍。见面的理由也仅在于此，等她意识到这点，已经无话可讲了。两人用手抓起肉和肋排，默默地吃了起来，寻觅着适当的话题。最先开口的是他。

“说起来，吊床呢？”

他以明朗的语调问道。

对这始料未及的问题，她不知所措，一下子没反应过来，“哎？”地应了一声拖延了一点儿时间，才总算想起他问的是挂在马赛马拉的酒店宿舍房间里的那张吊床。那是丈夫大老远从东京带过来的，当初是为了躺在上面边喝啤酒边眺望野生动物，便挂在了房间外面的露台上。然而，实际上一旦开始工作，哪里还有像游客那样的闲情逸致？一年多一次都没用过，因此，也给忘到了九霄云外。

“你这么一说……我给忘在那边了……最后匆匆忙忙地收拾好行李就走了嘛。”

这个问题与自己所做的苦涩决断没有半点关系，她干干脆脆地照实回答了。这回轮到丈夫“哎？”了一声，音量大得出乎意料，她不由得摆好了架势，以防备的口吻回答：

“因为根本没有时间取下来啊！”

这一点儿不假。卸下用绳子悬挂在露台横梁上的吊床，的确超出了她的能力范围；外加她自掏腰包订了赛斯纳公司去内罗毕的航班，出发时间迫在眉睫也是事实。更重要的是，她是因为发生争执才辞职的，无论在时间上还是在精神上，都没有闲暇去顾及区区一张吊床了。

已经分手的丈夫听到这番话，轻轻地点了点头，努力尝试着说服自己。

片刻沉默之后，她问：

“你希望我拿回来？”

他却不与她对视，把目光投向了远处的座席。

原来，对妻子而言，那东西就只有这么点儿价值啊——这是他最初的想法。他心里明白，对一个在异国他乡辞了工作、身无分文的人说这些话未免太苛刻，于是努力保持沉默，但不说点什么又觉得心里堵得慌，便忍不住说了出来：

“那是张相当不错的吊床呢，是朋友做的。”

那是大约七年前——两人结婚前的事了，他厌倦了面朝加勒比海的墨西哥新兴度假胜地的低俗，逃也似的去了尤卡坦半岛的古都梅里达。在城中心的小旅馆订了一间房，沐浴着傍晚的霞光出门散步。他把这种行动称之为“稍事侦察”，或是形容为“像狗一样四下乱嗅”。

在侦察的途中，他来到城里的中央广场，只见对面走来一个两手两肩都挂着商品的小贩。他装作没注意到的模样正要擦肩而过，可无意中瞥了一眼，发现挂在小贩肩上脖子上的全是吊床。他知道尤卡坦地区正是吊床的原产地，不由得停住了脚步。卖吊床的小贩亲切随和，跟玛雅遗迹的祭司雕像长得一模一样——脖子短得几乎看不到，鹰一般的鼻子，典型的玛雅人长相。

跟小贩攀谈了几句，得知他名叫胡安·德·迪奥斯，是个工匠，在自家的工作室做吊床，每周进城两次沿街叫卖自制商品。尤卡坦的吊床不用布料，只用线编织而成。胡安·德·迪奥斯仿佛孔雀开屏似的，把样式各一的吊床——单色的、双色的、组合好几种彩线编织的——展开给他看。小贩说，他做的吊床都采用最高级的编织法，用三股线编织，和市场或特产店贩卖的吊床根本不是一个档次；还满怀激情地说明了要看哪里才能判断是否用三股线编织，以及如何鉴别吊床的优劣。显然他对于自己的手艺很有自信。

听了这番话，他心想，莫非……于是向胡安·德·迪奥斯询问：“你说的工作室在哪儿呢？”

胡安·德·迪奥斯若无其事地用玛雅语说了个地名：“蒂斯科科夫。”

蒂斯科科夫村这个地名如雷贯耳，所有关于吊床的书里

yukie

都一定会提到这个有著名工匠坐镇的村子。听到村名，他一下子激动起来。“远吗?”“不远，乘巴士大概二十分钟。”既然如此，这个机会绝对不容错过。他这么一想，便拼命央求：“我特别想看看制作过程，带我去吧，带我去吧!”胡安·德·迪奥斯总算答应了第二天带他去自己家。想看吊床的编制过程的确是事实，但这也是个得以一窥现代玛雅人日常生活的绝佳机会。

第二天下午，他和胡安·德·迪奥斯在昨天的广场碰面了。两人仿佛要决斗似的，在约定的时刻分毫不差地同时抵达，不由得相视一笑。乘上当地拥挤的巴士，然后在平凡无奇的现代墨西哥乡间小镇上一个不知名的街口下了车。现在，他正带着坚定的目标走在这条毫不起眼的路上——若非有事到访，决计不会踏足此地——不由得心情飘飘然起来。借口说天气炎热，买了两大瓶冰镇啤酒，其实他只是想去村里的酒馆看看。啤酒的商标是“太阳”牌。酒瓶挺可爱，太阳从云层中探出脑袋的图案直接印刷在透明的玻璃瓶身上。在城里没见过这种啤酒，不过这家酒馆里只有这个牌子。冰镇过的酒瓶不一会儿就渗出水珠，湿漉漉的。他边和胡安一起喝啤酒，边参观工作室的作业流程，同时悄然旁观带着幼小女儿的一家子和乐融融地讲着玛雅话。花了一整个下午，他从胡安·德·迪奥斯那里了解到了吊床的所有奥妙。

胡安·德·迪奥斯在家人用的吊床上亲自示范了一遍如何找到睡吊床时的支撑点。他仿佛被巨大的蜘蛛网粘住的怪物似的，在吊床上猛烈地折腾了一番。他介绍道——别担心，不会断的，像这样扑腾一下，网眼才会张开得恰到好处，适应身体的曲线……吊床的尺寸有单人的、夫妻双人的、全家人用的，由于睡的时候应该斜对着悬挂吊床的方向躺下，所以吊床必须具有相当的宽度。就算是单人吊床，也是宽大一点为好……绳子的材质从最为传统的西沙尔麻，到便宜又结实的尼龙绳，一应俱全。若要同时兼顾手感和耐用性，个人认为，支撑重量的纵向部分用尼龙绳，而网眼部分用棉绳，这样的组合最为实用……收起来的时候，为了不让绳子缠在一块儿，折叠的方法是有讲究的……挂吊床的时候，不要直接挂在钩子上，一定要用绳子来固定。因为，用来穿绳子的吊床两端的挂环可谓整个吊床的“心脏”。如果绳网断掉，还可以立即修补，但若是挂环坏掉，便无力回天了。因而，挑选吊床的时候，关键的一点就是要选择挂环部分做得牢固结实的……

在这个充满睿智的下午结束之际，胡安·德·迪奥斯从工作室里的二十多件成品中，亲自挑选出两件，推荐说这是做得最好的。他直接按胡安开的价格买了下来。他和胡安·德·迪奥斯在巴士站前砰砰地相互拍了拍脊背道别。那以后，两人便没再见过面。

“仅仅这样就成了朋友？”

“对。仅仅这样就成了朋友。”

“你从来没提过这事呢。”

“因为弄丢了才有必要提起嘛。”

他的话里带着点儿刺。

“……那，我试试看拜托酒店那边把吊床解下来寄给我吧。”

她硬着头皮故作明朗地说。

前夫再次看向远方，默不作声。或许是在脑海中描绘着尤卡坦的吊床摇曳在马赛马拉的草原清风中的情景吧。沉默的时间足以让等待答复的一方变得忐忑不安。然后，他总算是开了口：

“不，算了。过不了多久，一定会有人拿去用吧。随它去吧。”

他说道，似乎死心了。随即又补充道：

“说不定马赛族的员工会把它拿回家去用，从而催生新的文化呢。”

说罢，他似乎感到滑稽，呵呵呵地笑了。

他一边这么说着笑着，一边却幻想着和胡安·德·迪奥斯再次相会。

虽然不知道是否还会重逢，但是，如果能再见到胡安·德·迪奥斯，被问及“那张吊床现在如何了”时，他会回答：“啊，那张吊床正挂在非洲一个叫做马赛马拉的地方。马赛人用着呢。”当胡安得知自己做的吊床中有一张去了如此遥远的地方，两人一定会相互砰砰地拍拍脊背，一起开怀大笑吧。

寻找真实的古巴

打一开始他就决定，下次去古巴，一定要尝尝阿加克高汤。因为他曾在很多书上读到过这样的评价——“阿加克高汤展现了最为本质的古巴秉性”“古巴就是一道阿加克高汤”……正如这些文字所述，这道菜被誉为古巴社会的象征。书上将其描写为“把新大陆的原产物，以及来自欧洲、非洲这两大洲的舶来品混合在一起，经过长时间烹煮，从而得到了绝妙的浓郁滋味，唯古巴独有”，因而象征着古巴本身。评价到了这分儿上，不品尝一下着实说不过去。

以前，他去过一次古巴。当他还相当年轻的时候，从墨西哥跟着旅行团去的。然而，当时他事先没有调查，对阿加克高汤一无所知，因此与它失之交臂。归根到底，所谓旅行，或许只能体验事先掌握的知识吧。

于是，他心想着这回一定要不虚此行，便查阅资料做起了攻略。所有资料上都写着现在的古巴正处于“特殊时期”，从一九九一年起直至现今。这是一种委婉表达，说白了就是“特别贫困时期”。总之，苏联解体后，失去了低价出口石油、高价买进砂糖的友邦支援，古巴各种物资匮乏，进入了特殊的困难时期，亟需全国上下齐心协力。

看到这样的解释，人们一定会认为，在特殊时期之前——也就是苏联解体前，古巴接受了充裕的援助，不缺石油和生活物资。托苏联的福，古巴人过着富足的生活。但是，他记忆中一九八四年的古巴却并非如此，或许是由于当时正处于冷战期间大张旗鼓搞扩军竞争的时期吧。翻看现代史教科书中的记载，就连在首都哈瓦那的城区，公寓窗户上也没装玻璃，想买一只鸡都得四处奔波或是排队等候一整天。就连在国营酒店的餐厅（只有国营的酒店），尽管服务员会在递上菜单后，按惯例询问“请问您要点什么”，但上面的菜品并非全部存在，通常只有“今日推荐菜品”这一类，根本不可能对食物提要求，或是挑三拣四。与其说这是与资本主义式的过去诀别后的克己姿态，倒不如说那个时代的古巴便已经给人非常困窘的印象了。

然而，“特殊时期”的哈瓦那却截然不同。老城里的殖民地风格建筑物刷上了淡彩涂料——粉红色、黄色和淡蓝色，焕然一新，彻底变身为观光城市。颇有历史渊源的英格雷特拉酒店——上次入住的时候几乎没什么东西可吃——那时还只是家历史悠久却破旧不堪的酒店，而现在经过了彻底装修，呈现出华美的洛可可风情。这是由于特殊时期经济困难，为获取外汇，古巴开始积极地招揽外国游客的缘故。

而更大的不同在于，因为开放了个人经营的小规模生意，城里四处建起了被称为“风味小店”的小餐馆。虽然难以想象，但从前，个人不能经营这样的小店。如今，店里既有猪肉又有鸡肉牛肉，能吃到大多数的食物。而且，与国营的餐厅相反，甚至能吃到菜单上没有的东西——若是禁止在私营餐馆里销售的龙虾到了货，店里人便会凑到耳边低声知会。多年来，女人们被剥夺了机会，无法发挥她们引以为傲的厨艺。她们倾尽西班牙裔拉美人的自豪、传统和智慧烹饪菜肴，无论点什么，都绝不会令人失望。不过……这些地方都得用美元支付。

国家也不再禁止将个人住宅作为旅馆租借给外国人。若是以二十美元的价格租借一晚，那么仅仅一夜之间便能赚到古巴人的月平均收入。所以，就算得一家五口挤一张床忍耐几天，还是打扫整理卧室和客厅，留宿游客来得实惠。自然，这也是以美元结算的。

如此这般，美元和比索这两种货币同时流通，在现实生活中简直是一团乱麻。因为，单靠国内货币比索过日子的普通人，与通过某些途径搞到外币的人，两者的生活完全背道而驰，也由此导致国内不可避免地分化成了双重经济。由于以美元支付的费用是以比索支付费用的二十六倍，即使个人经商不再受到禁止，收入比索的人也没法去“风味小店”之类的地方消费。

不过，他目前的问题是阿加克高汤。从第一天起，他遍访酒店餐厅、国营餐厅和小餐馆，在菜单上搜寻“阿加克高”这四个字，却根本不见踪影。他还造访了自一九四二年起营业至今、以“典型古巴菜”为招牌的著名酒馆（当然革命之后成了国营）。那便是因海明威常去店里喝莫吉托鸡尾酒而闻名于世的 Bodeguita del Medio——五分钱酒馆。然而，仍旧没有阿加克高汤。他担心起来。刚开始他还颇为从容，认为很快就能找到，而渐渐地他心里愈发焦急，最后缠住店员盘问起来：

“难道说阿加克高汤不是代表性的古巴菜吗？”

“有没有哪家店做阿加克高汤呢？”

“上哪儿才能吃到呢？”

对方的表情一下子明朗起来，惊叹道：“阿加克高啊！哎呀，你（分明是个外国人）竟然想喝阿加克高汤呐！”店员瞪了瞪天花板的角落，时而双手抱臂时而交换双手，扭头寻思起来。不过，他没能独立得出结论，说了声“请稍等啊，我去问问”，然后把店主和其他店员领了过来。于是一场围绕阿加克高汤的漫谈拉开了序幕。有人说加干肉有人则说不加；有人主张最好别加鸡肉进去；有人指出很多人会搞错加芋头的时机；有人问蒜头是应该切末还是捣成泥；有人问要不要加辣椒，木薯和山药又如何……大家情绪高涨，讨论得津津有味。真不愧是阿加克高汤，诸如丹尼尔·桑托斯和赛利

BESO
BODEGA

欧·冈萨雷斯之流的大音乐家们的畅销金曲都拿它作主题。

然而，最后的结论却总是相同：

“没有哪家餐厅做阿加克高汤。”

“怎么会！这不可能！无论问谁，只要说到杰出的古巴特色菜肴，都会回答阿加克高汤，不是吗?！费尔南多·奥提斯[1]不是也说过吗！阿加克高汤就是古巴本身！”

他的动作渐渐夸大起来，眼眶润湿，几乎摆出了吵架的架势。他引用古巴引以为傲——革命之后也没有逃亡国外——的伟大民俗学权威的主张，甚至把它上升到了国家耻辱的高度，仿佛将对手步步逼近拳击台角落似的穷追不舍地追问。

但是，结论并没有因此改变。

这群古巴人齐声回答：

“阿加克高汤是家常菜，所以在店里是吃不到的。为什么？因为没有古巴人会在店里吃阿加克高汤。古巴人一致认为，阿加克高汤这种东西是在奶奶家，或乡下老家的后院里吃的食物！”

他向人打听能够住宿的私人住宅。虽说是因为逗留时间

1 费尔南多·奥提斯（Fernanndo Ortiz，1881—1969），古巴人类学家。他主张古巴的特性就在于多个人种、多种文化的融合，并将其形成过程比喻为使用多种材料，经过长时间炖煮而成的古巴地方菜肴阿加克高汤。

延长需要节省开支，但同时他也别有用心——说不定会有个喜爱烹饪的老奶奶呢。有人向他介绍了住在米拉马尔——自革命前起就是高级住宅区——的一家人。这栋带前院的住宅坐落在区划井然有序的街区，现在房子被划分为三部分，住着三代人。玛鲁哈是一位年轻医师，在儿科医院上班，跟父母和弟弟，以及一只大个头的拉布拉多犬生活在一起。至于奶奶……倒是没有。在他留宿期间，玛鲁哈跟父母挤一张床。

几天后的一个下午，因为是同龄人而熟络起来的他向玛鲁哈打听起了阿加克高汤。他告诉玛鲁哈自己寻觅了很多地方，但都没能吃到。

“阿加克高汤啊……我也好久没吃过了。”

“现在已经没人吃这道菜了吗？很难做吗？”

“倒是不难做，但是需要很多材料，炖煮也要花很长时间。而且，是很多人一起分享的节庆菜肴。”她仿佛忆起了什么似的向着远方眺望了片刻，“总之，那可是道大菜！虽说阿加克高汤一般都在中午吃，但若是午餐的时候吃了它，那么当天就别想做其他事情了。”

“是因为吃撑了没法干活儿吗？”

“对。这是为享乐人生的人而做的菜肴。”

“这便是古巴的特性吗！”他漫不经心地应道。

而玛鲁哈却反问：“你说的是哪个古巴？”脸上浮现出带

着讽刺的淡然一笑。他忽然想起曾听人说儿科医生玛鲁哈的月收入是二十五美元。

“下个星期天或许能做个迷你版阿加克高汤吧。一起去自由市场瞧瞧？你能更多地了解到真实的古巴哦。”

逃　城

阿米娜在内罗毕的M·P·Shah医院分娩之际，孩子的父亲却在穿过大陆越过海洋才能到达的遥远国家的偏远小镇上过着日子。从位于非洲大陆东侧的内罗毕看过去，巴西乃是僻远之地——首先得向西贯穿整个非洲大陆，再横渡整个南大西洋。如此遥远，竟然能邮寄信件、接通电话，简直令人不可思议。

儿子降生这个消息传到他耳中的时候，他刚好过完生日，平安无事地度过了耶稣受难的年纪。他并非基督教徒，但从小就听闻身为虔诚信徒的母亲在三十三岁那年突然患上重病，于是一直认为三十三岁这个年龄不吉利，或者说容易出事。他生怕有人会在背地里给他下咒，因此直到平安迎来三十四岁生日的当天为止，他都坚决不告诉任何人，包括关系最铁的朋友。因为他如此看重这事，所以当他仿佛小心翼翼地走过狭窄山梁似的平安渡过了险关时，那种如释重负的感觉，再加上孩子降生这个完全陌生的经历所带来的兴奋，他陷入了一种异常的狂躁状态。他热切地四处向朋友吹嘘连见都没见过的小孩，在节日不断的盛夏的小镇上，犹如火山喷发似的庆祝狂欢。

闹腾了两个多月，他停下来歇口气的时候，才总算回到了现实，心想：啊，我得去见她们。

他手上正好有一年之内有效的返程机票。是经由里斯本飞往伦敦的班机。他原本计划到伦敦之后再买前往内罗毕的廉价机票，没想到在航空公司的办公室预约的时候，才发现他的机票原来可以在里斯本中途下机。于是，他心中突然萌生了去葡萄牙旅行的主意。

他所居住的巴伊亚城自不用说，圣保罗、里约热内卢，以及欧鲁普雷图都是丘陵起伏的城市。他从很早以前就一直在思考一个问题：为什么巴西的古城偏偏要建在诸多不便的山坡上呢？关于这个问题，首先有这样的解答——当到达巴西的葡萄牙船员们闭上眼睛的时候，脑海中浮现出充满乡愁的故乡风景，便是里斯本这个丘陵城市的风景。他曾经去实地考察过，自然明白这些。不过，里斯本为什么是丘陵城市呢？葡萄牙人为什么要选斜坡又多交通又不便的地方作首都呢？对于这第二个疑问，他的假设是，因为葡萄牙人在踏上海岸、成为海洋民族之前，他们居住的地方乃是山中的城镇、山冈上的乡村、斜坡上的村落。正是位于山峦之间的中世纪城市的余像，影响了葡萄牙人，使他们把里斯本修在了山丘的斜面上，不久之后，又把巴西的城市也建成了山坡上的城市……第三个疑问——为什么中世纪的葡萄牙人住在山坡上呢？关于这点，迟早得去葡萄牙内陆地区实地考察一趟——

这个想法长期以来都盘踞在他内心的一隅。

他查阅资料，得知十三世纪的伟大诗人、葡萄牙国王迪尼什一世拒绝坐拥王宫，而是游历王国的北部内陆。为防备摩尔人和西班牙人，他整备国界线区域，在高得“能够俯瞰大雕后背”的悬崖上修筑城池形成防线。并且，为了鼓励人们去这些新筑的边境城市扎根，迪尼什一世将这些城市指定为“逃城”。“逃城”的构想源自《旧约圣经》[1]，对于发誓扎根于能够纵目远眺西班牙平原的边境城市，为捍卫边疆贡献力量的人，不管他们迄今有着怎样的人生，对“欺诈和反叛”以外的所有罪行都一律不予过问，并保障他们的人身自由。

悬崖上的要塞城池？逃亡者之城？俯瞰大雕的后背？清算过去脱胎换骨？他在脑中描绘着这样的城市，不禁心潮澎湃，一咬牙就决定在葡萄牙住上十晚，并按此行程预约了机票。机票不能改签，可以吗？当订票员向他确认的时候，他毅然决然地用力点了点头。

从刚过完狂欢节的巴西出发，到达的目的地葡萄牙却正值严冬，比想象的更加寒冷，几乎能听到毛孔收缩的声响。他坐进火速租来的车里，狠狠地调大暖气，直到手指尖和脚趾尖都阵阵刺痛，然后开着车一溜烟地朝着北方奔驰而去。

似乎没有游客来冬季的葡萄牙旅行，用历史建筑物——

1《旧约圣经》之《民数记》35: 6:“你们给利未人的城邑，其中当有六座逃城，使误杀人的可以逃到那里。此外还要给他们四十二座城。”

要塞、修道院、贵族的府邸——改造而成的国营酒店都无需预订，当即就可入住，而且价格还是夏天旺季的一半。

葡萄牙北部内陆是在现代观光地开发进程中残留下来的地方，还留存着最古老的葡萄牙风貌。逃城马尔旺、逃城萨布加尔、逃城“腰间佩剑白蜡木”、逃城米兰达……他沿着这些荒凉山岳地带的城寨都市逐渐北上。实际上，这条路线恰好与迪尼什一世走过的路程重叠，他忽然觉得自己俨然成了一名为了侦查偏远山区而行军于严冬的将士。

登上沿着倾斜隆起的岩石边缘修建的小镇蒙桑图，他俯瞰周围呈三百六十度延伸的平原，在日记中写下“人类之壮举”。这里的斜面陡峭，坡度约三十度，光是站稳都相当吃力，而石造的房子便紧紧咬住坡面而建，至今尚有人居住于此。人们的心中究竟是怀有怎样的畏惧，才会在如此难以落脚的悬崖斜面上建造起村落呢？他想，隐遁山中的基本考虑无非就是逃亡和保障安全。

每天，也不与任何人交谈，为迪尼什一世的旅程所倾倒的他，穿行在被雾和雨模糊的历史之中。因为当初抠门，租了最便宜的车，车里连收音机都没有，只能听到摩擦着路面的轮胎绵绵不绝地发出单调的声音。

从中世纪溯源而上，记得就连被罗马人征服的凯尔特人的遗迹，也是修筑在斜坡上的城市。很显然，葡萄牙人民无论去到何方，总会在丘陵和斜坡上得到安心感。

默默不语地沉溺于历史的日子过到了第七天，他终于到达了最边远的蒙福特城。

吾迪尼什，
筑城有七。
坚不可摧者，
当数蒙福特。

被这位诗人国王的诗句所吸引，他一开始便决心去看看这座城。蒙福特城也修建在微微隆起的山冈上，曾经日日监视着不知何时会攻打过来的西班牙王国的平原。他在冷风中缩着脖子下了车，抬头仰望尚且残存在城中央的高塔。在沉甸甸的灰色天空下，没有一个来访者，挂着铸铁大锁的门紧闭着。早在三四百年前，这座城寨便失去了一切现实性的作用——不用说保卫国土了，甚至无法作为监狱使用，只是无为地矗立在一片荒野之上。如果说，所谓历史的遗物真的存在于这个世界，毫无疑问，这座城寨正是历史的遗物。

"我到底在这里做什么呢？"

孤身一人，不与任何人交谈，追逐着与自己毫无关联、七百年前的历史遗物，究竟是在做什么呢？

这里并不是自己该来的地方，自己该去的难道不是另外一个地方吗？

突然，仿佛坠入洞穴一般，对人的依恋之情向他袭来，一下子将他拉回了现实。没错。他意识到，其实他早就迫切地想回到刚出生的孩子身边了。赶快出发吧，回到人头攒动的地方去。赶快出发吧，比起沉溺于过去，还是回到剧烈呼吸着的现实中去。

阿米娜！驾车飞驰在无人的街道上，他在心里大声呼唤着孩子母亲的名字，嘴里轻声念着在国际长途电话里提议的小孩的名字。

赶快出发吧——一旦有了这样的念头，他立刻坐立难安起来。

然而，问题来了。预订的机票是三天之后的，不能改签。

如果照此，那岂不是要按原路折返四五百公里回到里斯本，接下来的三天里，继续过不与任何人交谈、一边孤身用餐一边沉溺在历史深渊中的日子吗？

能不能佯装不知提前预约的时间呢？连蒙带骗，苦苦央求。这样的话，先到最近的波尔图机场还车，然后乘明早第一班国内班机出发去里斯本即可。到波尔图只有一百公里。就这么办，订明天最早的国内航班吧。等等，不过，若是到伦敦的机票不能改签，那一切都是白费……

他闷闷地左思右想，在中世纪葡萄牙的首都吉马朗伊斯沉沉睡去。

第二天早上，他醒来的时候心里还没有打算，但还是算着航空公司上班的时间，拿起了电话听筒。尽管那时他并没想好应该怎样向对方陈述情况，但还是毅然决然地按下了航空公司的电话号码。电话通了，在等待对方接电话的两秒钟时间里，他突然灵光一闪——啊，说不定可以……

对了！就是这个！这样的话一定能行。

斩钉截铁地省略了事先想好的开场白，他听到自己的声音这样询问道：

“请问今天几点有从波尔图飞往伦敦的班机呢？”

从他的语气中，不难听出他正努力抑制着因为想到好主意而兴奋不已的自己。

是啊！从波尔图直接飞去伦敦不就得了！波尔图位于北边，反而离伦敦比较近，这是个好办法！不过，哎呀！从里斯本到伦敦的机票要怎么办呢？难道要浪费掉吗？

没错，只能浪费掉了。因为不能改签。

哎！怎么能这样！竟然浪费掉只需等待三天就能正常使用的机票！平时总是把钱包捂得紧紧的、对钱斤斤计较的你，竟如此浪费，这行吗？

——脑中响起了质疑的声音。他粗暴地赶走那个声音：行了，行了，你给我闪一边去。因为，自己要走的人生之路并不在这里，而是在另一个地方。不在葡萄牙，而在非洲。我得快点去见刚出生的孩子——他一边在心里高呼这句话以

封锁迷惘，一边像能干的秘书一样，麻利地问了好几个出发时间，记录下来，然后选择了时间最合适的一班飞机，询问价格并预订。因为，他已经不想再活在历史中，而是想活在现实中。问了机票价格，原来跟三天的住宿费差不多。

挂掉电话，他已经控制不住脸上洋溢出的笑容。他总是既抠门又现实，租车会选不带收音机、价格最低廉的车。这样的他竟能做出如此决断，简直是史无前例的壮举。是清算过去，脱胎换骨了吗？盼望着早点出发的心情就是这样迫切，这点毫无疑问。

“这样就好，这样就好。”他自言自语着，手舞足蹈地开始收拾行李。要乘坐下午第一班飞机，可得抓紧了。

马里奥的英吉拉店

在驱车前往内罗毕首屈一指的YAYA购物中心的路上，站在路边蓝花楹树下的马里奥忽地映入了他的眼帘。马里奥是他在一家附近的酒馆结识的埃塞俄比亚人，经常以相当不错的汇率跟他兑换美元。

“马里奥！怎么了？要搭车吗？”

“我要搬家，正在等卡车过来。”

定睛一看，才发现马里奥身边放着皱皱巴巴的纸箱子和铁铸的大件器械。直径大约七十厘米的圆形大铁板下连着三条长腿，看起来像一张小圆桌。

他询问起这器械，马里奥的脸色一下子明朗起来，仿佛在炫耀这款最新型的器械，又像在为自己的炫耀而感到难为情一般，露出了有些复杂的笑容，说：

“这是烤英吉拉的机器，叫做米塔德，唯独埃塞俄比亚才有。”

他来到内罗毕之后已经吃过好几次埃塞俄比亚菜，一说英吉拉，脑海中立刻浮现出了图像。那是一种类似可丽饼的主食，恰好与马里奥的米塔德差不多大小，又圆又大又蓬松。

“哎，原来英吉拉是用这种机器烤出来的啊。”

“这个是新型号。原本是用专门的炉灶来烤的，这个是电热型的。现在城里越来越普及了。”

“嗬，那你专程从亚的斯把这个运过来的？”

他知道马里奥一家趁着政变从亚的斯亚贝巴逃亡出来，并且被联合国认定为难民，于是特地问了一句。

“对对，我妈说，绝对不能丢下这个。我爸反对说太累赘，可妈妈却说没有这机器就没得吃，最终妈妈获胜了。”马里奥兴致勃勃地讲道。

虽说都是难民，但事实上却有不同的几类人。在肯尼亚北部为埃塞俄比亚人和索马里人设有难民营，然而生意做得挺红火的马里奥一家比较富裕，并没有住进难民营，而是乘上家里那辆历经岁月的浅蓝色梅塞德斯·奔驰，连续跑了七十二个小时，一口气逃到了内罗毕。而绑在车顶上运来的英吉拉电烤炉，乃是他们带走的唯一一件大型家当。

在内罗毕生活也一年多了，刚开始游手好闲的马里奥也不得不赚钱养活自己了，否则特别没面子。于是，他有效利用母亲引以为傲的最新型电热式米塔德，面向生活在内罗毕的埃塞俄比亚流亡者社群，做起了英吉拉的买卖。这桩生意渐渐步入正轨，马里奥现在正准备搬迁到新的店面。

他开始频繁地吃起埃塞俄比亚菜，是由于离他最初在内罗毕租借的公寓最近的餐馆就是埃塞俄比亚人开的。第一次走进这家餐馆便给他留下了深刻的印象，很快他就喜欢上了这里。

进到店内，在及膝高的餐桌前坐定，便有服务生端来塑料面盆和水壶。见服务生双手递上面盆，他正想伸手接过，却被示意不对。往面盆里看去，发现竟放着一块肥皂，这才明白过来是让他用肥皂洗手的意思。他拿起肥皂，服务生便倒出少量的水让他润湿双手，抹上肥皂搓泡。搓出丰富的泡沫，洗净双手的每一寸肌肤之后，只需示意，便有涓涓细流自上而下，把泡沫冲洗进面盆里。服务生简直周到得无微不至，巧妙地调节水量，用最少量的水便能把手洗干净。他心想，坐在席上竟然还有人伺候洗手，这是多么考究的奢侈啊，简直是王侯贵族一般的待遇！这便是他对埃塞俄比亚餐厅的第一印象。然而他很快便明白了，这是用手抓着吃的菜，洗净双手乃是合情合理。

菜盛在直径七十厘米的圆形大烤炉里上了桌。打开盖子，只见又圆又大的英吉拉饼上，摆放着好几种炖肉、炒菜和蔬菜，分别盛上一小堆，避免菜品混在一起。首先，这种视觉性的美感便出人意料。此外，菜品的种类和口味花样繁多，比如鸡肉酱汁、牛肉酱汁和豆子酱汁等等，从特辣炖鸡肉到味道温和的煮豆子，一应俱全，让他一下子感受到了埃塞俄比亚饮食文化的深度。埃塞俄比亚人基本只用右手撕下一块英吉拉，然后巧妙地裹一些菜，送进嘴里。而且，英吉拉这

种食物有着独特的口感。冷冰冰的，润润的饱含水分，呈现淡淡的灰色，并且带着强烈的酸味，味道相当特别。因为是将粉末溶于水中然后蒸烤而成，英吉拉和面包以及可丽饼确实算得上同类，然而实际一品尝，却发现它无论与哪一种都大相径庭。但不可思议的是，英吉拉无论搭配哪一种菜肴食用都非常协调。

随后他调查了一番，得知英吉拉是将一种颗粒极为细小的杂粮——苔麸打磨成粉后溶于水中，经过三四天发酵，在圆形的铁板或陶板上薄薄地摊开后蒸烤成形。地球上只有埃塞俄比亚人才吃苔麸这种杂粮。

埃塞俄比亚人基本上早中晚都把英吉拉作为主食来食用，于是马里奥向附近相识的埃塞俄比亚流亡者家庭兜售英吉拉，做起了买卖。几乎没有家庭能像马里奥家那样从故乡带来电热米塔德，加之无法在内罗毕城里的公寓里搭建烤炉，每个人都在渴求着正宗的英吉拉。其实，在内罗毕郊外的伊斯里地区，老早就有埃塞俄比亚人的社群，只要去到那里，就能买到英吉拉，无奈路程遥远。而且，住在市郊的人与住在城市公寓里的人，即便同为埃塞俄比亚人，在出身、阶级以及思想上还是不可一概而论。因此，马里奥的英吉拉店迅速而稳固地把握住了定居在城市中心的埃塞俄比亚流亡者社群的需求。

每天清晨，马里奥都按母亲传授的那样烤英吉拉。在炽热的铁板表面撒上盐，待到盐烧焦时将其拂去——这便是母亲家祖传的秘方，能够避免饼子烤焦粘在铁板上。然后用水壶盛着用热水稀释的面糊，由外向内一边均匀地描画同心圆，一边浇注到米塔德的铁板上。接着盖上能包裹住整块铁板的盖子，静静等待。待到饼的边缘不再贴着铁板，拿出与铁板同样大小的圆形竹席，以迅雷不及掩耳的速度，插入饼与铁板之间，一口气把饼子剥落下来。刚开始马里奥吃了不少苦头，可如今他描画同心圆的手势流畅，对剥落饼子的时机也没有丝毫迟疑。

制作工序并非只有这些。在马里奥的店铺一角，整整齐齐地摆放着装在桶里的黏稠面糊。这里面既有发酵了四天、噗嗤噗嗤地发出声响的面糊，又有今天刚刚装进桶里的原料。店里经常放着五种发酵时间各异的面糊，桶上分别贴着便条，上面一本正经地用埃塞俄比亚文字写着记录。哪怕只是偷了一天懒，都得全部重新来过，所以根本没法休息。

按照传统，厨房乃是男人的禁地，所以对马里奥而言，这些都是在故乡从未干过的活儿。虽说马里奥因为流亡生活打破了一项传统，但正因为这样，他才得以继承了祖国文化根源性的一部分。倘若生活在国内，则一辈子也不会去掌握这门手艺。

参观过马里奥的新店铺后不久，一天他开车出门，刚在大路上打了个转，引擎突然发出嗤嗤的怪响——车抛锚了，无论如何也发动不起来。他困窘不已，在路边徘徊，偶然看到马里奥走过。原来店铺就在附近。

“怎么了？出故障了？”马里奥急急忙忙地跑过来问道。

“不，是没油了。”他回答。

马里奥听罢瞥了他一眼，嗤笑了一声。仿佛在说：“喂，可不要吝啬哦！”

两人一起推车去最近的一家加油站。幸运的是只有两百米左右的距离，然而顶着赤道的太阳，不由觉得汽车沉重无比。路过的男人们一个个伸出援手，车有了势头。人人额头上的汗珠都闪闪发光。

到了加油站，他递给男人们每人二十先令。男人们收下了钱，迅速离开了。他单独塞给马里奥五十先令，然而马里奥却不肯收下。马里奥用手擦了擦汗，一边喘气一边说：

“油要加满哦！坐着没有燃料的车，若是遇到紧急情况，根本没法逃离。”

说罢马里奥露出了洁白的牙齿，沿原路折回了。

这是他最后一次见马里奥。之后几个月都没见到马里奥的踪影。他想，一定是因为生意兴隆忙不过来吧。然而，时隔多日去了趟家附近的埃塞俄比亚餐馆，才从店主那儿听说马里奥已经离开了内罗毕。

原来，马里奥一家很早以前就开始申请美国和加拿大两国的签证，这一年多时间都在等待两个国家下达许可。所以马里奥才一直做外币兑换的行当，一点一点地攒着美元。后来，他们终于拿到了加拿大的签证。于是，马里奥代替父亲前往亚的斯，卖掉了家里的房子——家族的祖祖辈辈曾经在那里生活，马里奥也在那幢房子里降生、成长。之后没过多久，一家人便踏上了旅程。

他听说了这个消息，脑海里首先浮现出这样一番光景——马里奥拼命地说服家人把电热英吉拉烤炉一起带去机场。那是一件及腰高的大型器械，还带着直径七十厘米的大铁板。不管怎么说也过于庞大。

“这就是我们的文化，离开了它我们便无法生活！”马里奥一反常态地努力诉说着。他挥动着手臂，口若悬河，与往常内敛的他简直判若两人。

然而，不管怎么说它也太过庞大，而且着实可疑。

午餐的行踪

他从西班牙西北端的城市阿科鲁尼亚乘上了夜行列车。那是在政变未遂——保守派治安警备队的军人骑马闯入正在举行会议的国会，企图发起政变——事件发生大约两周后的事情。一九八一年初的西班牙，推行独裁统治近四十年的佛朗哥将军逝世后，才刚过五年。在那个时代，人们做梦都没想到西班牙有朝一日能成为欧盟成员。只需三百比塞塔[1]便能随意住宿旅馆（若要使用淋浴则需补交一百比塞塔），所以乘坐夜行列车与其说是节约住宿费，不如说是为了节约时间。晚上九点半出发，次日早上便能到达马德里北站。他自备睡袋，只需去二等车厢睡上一觉便可。他心里这么打算，然而通往马德里的路途却比想象的漫长得多。

发车一小时后到达了第一个城市——圣地亚哥。一个跟他年纪相仿的长发年轻人走进了他独享的包厢。年轻人名叫卡尔洛斯，前往马德里参加工作面试。接着坐进包厢的伊莎贝尔和玛丽露则是打算回大约一个半小时车程的奥伦塞。她俩都持有护士执照，说是去圣地亚哥找了工作。借着小孩上

1 西班牙及安道尔在二〇〇二年欧元流通前所使用的法定货币。

小学的机会，她们打算重返工作岗位，然而看样子今天并没有成功。

他从餐车买了啤酒，四个人一边畅饮，一边比较起西班牙和日本的失业率。卡尔洛斯说，西班牙的失业率刚从百分之八涨到了百分之十。伊莎贝尔说，加利西亚地区失业率更高。三个西班牙人聊起自己身边最近丢了工作的人，立刻意气相投地表示赞同：没错没错。甚至开玩笑说，这里坐着三个加利西亚人，而三人都在找工作，恰好证明了加利西亚的失业率是百分之百。

自然，话题转向了日本的失业率。在八十年代初的日本，失业这个话题，他连听也没听说过，更不知道失业率了。三人对此惊诧不已，在他们看来，失业率乃是日常生活的大事，是无人不知、理所当然的常识。日本这个国家，似乎和西班牙的现实差了十万八千里。

几个人天南地北地聊着，其间伊莎贝尔和玛丽露频频向他发起邀请：要不要来一趟奥伦塞？它是始于罗马时代的城市，可是个好地方哦。之所以受到邀请，是因为他告诉她们自己用的是欧洲火车通票。他解释说，有了这张票，在欧洲西部的主要国家，可以随意乘坐国营铁道的自由席位，不必另外购票便可以自由上下车。她俩听罢便说，那就顺道去一趟呗，甚至安排好了路线——中途在奥伦塞下车，然后去伊莎贝尔家里住。

在他留宿的三天里，伊莎贝尔整天在家里马不停蹄地忙碌着。可以说，她一心一意地经营着家庭，照顾丈夫和两个小孩。丈夫是公营住宅建筑工程师，孩子们上小学，他们两点回到家，在家里吃过午饭又各自回到单位和学校。因此，为这么多人做午餐成了一项繁重的任务。在西班牙，午餐是一天中最为重要、最为神圣的一餐，绝不能偷工减料。在伊莎贝尔家里，西班牙海鲜饭乃是午餐的菜肴，而且还仅仅是道配菜。此外，她还做了烤鸡胸肉和土豆。与此相比，晚餐却只吃口利左香肠、面包加奶酪之类简单应付过去。这便是西班牙的做派。无论中午还是晚上，大人都要斟上兑了苏打水的红酒小酌一番。星期六晚上，待到十一点左右，孩子们都睡下了，便驱车去迪斯科，热舞到三点才回家。

伊莎贝尔的每一天都安排得满满当当，若是去外地做了护士，那这个家里神圣的午餐传统该何去何从呢？他想到这点，不由得捏了一把冷汗。然而，伊莎贝尔的愿望那么强烈，即便如此依然想工作。

他原本打算在奥伦塞待上几天，再乘列车去马德里。谁知临到要出发的时候，伊莎贝尔却发话了：

“你不想顺道去趟萨拉曼卡吗？去趟萨拉曼卡吧。那里自古便是大学之城，聚集了很多年轻人，你一定会中意的。首先，那里是我的故乡，说什么也得让你瞧瞧。我让我妹妹玛尔塔去接你，然后带你在城里逛逛。之后再去马德里也行吧。”

经不住她的再三游说，一眨眼的工夫，萨拉曼卡之行便成了既定方针。

主要的铁道路线并不经过萨拉曼卡。他查阅那本像《圣经》一样随身携带的托马斯·库克[1]乘车时刻表，上面写着需要乘坐一种名为autobus的交通工具前往。若是乘巴士，就不能使用欧洲火车通票，这点令他忐忑不安。为了换乘，他在途中的车站下了车，只见的确有辆奇特的交通工具等候在路旁。车身跟巴士别无二致，一节车厢、内燃机引擎，但它却在单轨的铁道上行驶。

到了萨拉曼卡，他留宿在玛尔塔的恋人马洛诺的公寓里。马洛诺是个学艺术的学生，他那间一个人住未免过于宽敞的公寓房，墙上都直接画着图画。马洛诺的一天以画画为中心悠闲地度过。而玛尔塔的日程却是上午工作，下午去大学上课，还要到附近的酒吧张贴广告，甚至做家庭教师。而且，还忙里偷闲回家吃妈妈做的午餐，几乎从早到晚都在市内四处奔波。就连与马洛诺见面，也只是趁着在中央广场附近换乘巴士的五分钟间隙碰个面，留下轻轻一吻，便匆匆离去。

第一天的午餐，他和马洛诺一起，在著名的“贝壳之家”

---

1 托马斯·库克（Thomas Cook，1808—1892年），现代旅游的创始人。他开启了团队旅游的先河，组织了世界上第一例环球旅游团，编写并出版了世界上第一本面向团队游客的旅游指南，创办了世界上第一家旅行社，被誉为“近代旅游业之父”。

餐厅吃了一百九十五比塞塔的套餐。虽是面向学生的餐厅，但用餐环境却获得了米其林认证——一副叉匙的标志，就连套餐也分为“普通餐”和“全素餐”两种。第二天的午餐，由于马洛诺抗议说“不能每天都下馆子啦”，于是他也效仿着花四十五比塞塔买了个 bocadillo——用法棍面包夹着火腿和奶酪做成的三明治，在广场上解决了。

当天晚上，马洛诺从大学搬回一个衣橱，说是有人扔在路边，于是捡了回来。两人一起把它抬上了二楼。他们把抽屉一个个拉开检查，发现并没有损坏的地方，完全不影响使用。确认了衣橱完好，马洛诺说：

“这世上的人啊，脑袋真不正常。”

说罢便哈哈大笑起来。为什么人们会如此浪费呢？就算是有地方掉了漆，重新上点漆不就行了吗？

那天晚上，他和马洛诺两人一起做了晚餐。因为离家里寄来生活费还有些日子，而钱和材料都所剩无几，于是两人选择做 Tortilla Espanola——西班牙煎蛋卷。他一边按马洛诺的指示帮忙，一边仔细地学习步骤——将土豆削皮，切成均匀的薄片，放进盛足了油的平底锅里油炸。但诀窍在于要用小火慢慢煎炸，“避免炸得像薯片一样酥脆”。炸熟之后便把平底锅里的油全部倒出。接着，把调好的蛋液倒进只留下土豆的锅里，搅拌均匀。

做到这一步，马洛诺宣告：“接下来就是我的独家秘方哦。”然后从冰箱里拿出吃剩下的口利左香肠，切成便于入口的小块混进蛋液里。口利左香肠里辣椒的红色在蛋液里一下子扩散开来，仿佛大理石的花纹一般，不一会儿便凝聚成了粉红色的斑斑点点。“这是一道崭新的菜，传统的西班牙煎蛋卷里面可不会放这个。”马洛诺重申了一遍，免得他产生误会。

第二天，他必须启程去马德里了。因为欧洲火车通票的有效期是一个月，他还想赶在过期前去趟安达卢西亚，于是决定下午乘巴士前往马德里。

两人约好等马洛诺上完素描课，中午在马约尔广场最后一次碰面。他问：“在广场的哪个位置碰头呢？”马洛诺却回答：“绕着广场转几圈就行，不一会儿就能碰见了。这就是萨拉曼卡人的作风。”

事先买好巴士的车票，最后在老城里漫步逛了一圈，便向着广场出发了。他按商量好的那样，以顺时针方向慢悠悠地在宽阔的广场上踱步。他也效仿城里的男人们，买了向日葵瓜子，边走边咯嘣咯嘣地嗑瓜子，磕完便把壳扔在路边。绕着广场转了三四圈，开始心生不安的时候，马洛诺从背后拍了拍他的肩。

去公车站接了玛尔塔，三人一起去酒吧喝了一杯红酒。头天晚上，他和马洛诺比了两盘国际象棋，两盘都以马洛诺

的胜利告终。听了他这番话，玛尔塔格外高兴地说："那今天和我下一盘吧。"玛尔塔总是输给马洛诺，于是再也不想和他下棋了。

他说："不，下不成了，今天我要动身去马德里。"玛尔塔听罢问道："为什么？"她脸上的表情似乎当真觉得不可思议一般。

就这样，三人来到了客车站，在两人的目送之下，他坐进了巴士。玛尔塔亲吻了他的两颊，让他有些心跳加速。打出生以来，他只跟伊莎贝尔和玛尔塔以这种方式进行过问候。

Chau[1]！帮我向伊莎贝尔说声谢谢！这次多亏了她！

从阿科鲁尼亚启程去马德里，只是一周之前的事而已，却已经成了几乎想不起来的过去。

回忆起一九八一年的西班牙，总觉得那么遥远那么渺小，仿佛从反方向窥视望远镜一般。这是因为从翌年起的短短十年时间里，西班牙接连举办了足球世界杯、巴塞罗那奥运会、塞维利亚世博会，在左派政权的统治下，一鼓作气地飞速变化的缘故。现在他明白了，一九八一年——令年轻人畏惧的复古派军事政变未遂事件发生的那年——只不过是反弹之前压抑的一瞬间而已。无论玛尔塔还是伊莎贝尔，女人们都在

1 西班牙语，意为"再见"。

压抑中希求在社会上找到一席之地。

自那以后，西班牙的出生率剧减，转眼间甚至低过了日本。终于，到了二〇〇八年，西班牙成了内阁大臣的半数都由女性担任的国家。

拉普拉塔赋格曲

乌拉圭和巴西国界线上的小城 Chuy 有两个名字。在乌拉圭，它叫做“丘伊”，而在巴西则读作“叙伊”。城里繁华大道——其实城里只有一条繁华街道——的中央，有一条用小石头嵌成的线，就像是大道的中心线一样。这便是国界线。当然，无论是谁都可以自由地跨过国界，往返于两侧。乌拉圭一边的商店里使用乌拉圭比索进行买卖，而穿过街道进入巴西，则改用巴西的货币。

改变的不仅仅是货币。一跨过那条极富象征意义的线，便从发音铿锵有力的西班牙语世界，一下子踏入了发音大都含混不清的葡萄牙语世界。经过智利、阿根廷、乌拉圭，来自西班牙语区域的他忽然如此直截了当地接近巴西，内心不由得生出几分忐忑。

他默默感叹，我的老伙计西班牙语，再见啦！在享用了晚餐——拉普拉塔式烤肋骨牛排配上兑了苏打水的红酒之后，他满心愉悦地坐上了长途客车。夜间赶路，第二天醒过来的时候，便彻彻底底到巴西了……他心里暗暗激动。因为这是第一次去巴西。

离开叙伊大约十五分钟，便到了坐落在一无所有的漆黑荒野上的边境哨所。因为需要在这里接受进入巴西的入境检查，所有乘客都下了车在窗口排队。乘客基本都是乌拉圭北部的当地人，并且也不是第一次去巴西采购，因而乘客和边检人员都十分娴熟，检查根本不费时间。一切顺顺当当，而轮到他的瞬间，队列突然停止了前进。明明事先办好了签证，按理说不该出现任何问题，然而好几位边检人员慌慌张张地走动起来，一会儿翻开厚厚的检查指南，一会儿消失在里面的办公室，开始了正式的检查工作。边检人员只轻描淡写地留下一句“稍等片刻哦”，五分钟过去了，十分钟过去了……就算考虑到他是乘客车而来的唯一一个来自远方的异乡人，唯一一个游客，等待的时间也未免太过漫长。其他的乘客都办好了手续，回到了深夜的车内，纷纷透过车窗投来愠怒的目光。这时，身为巴西联邦警察的入境检查官操着字正腔圆的西班牙语宣告了结论：

“按照规定日本人必须注射预防霍乱的疫苗。你持有黄卡[1]吗？”

他从来没听说过有这回事。

于是，他被孤零零地留在了深夜的哨所。客车司机从行李舱最里面挖出他的行李，返还了车票并告诉他“两周内有效”，然后欢腾地“嘟嘟”鸣响了喇叭——似乎以此向谁致以

1 又称预防接种证或健康证。出国时由检验检疫卫生部门注射相关疫苗和体检合格后颁发给游客，用于证明其身体健康的证件。由于是黄色封面，故称黄卡。

问候——发车离开了。车窗边那一字儿排开的一张张等得不耐烦的脸，用夹杂着怜悯和蔑视的视线俯视窗外，那视线刺得他生痛。乘客们嘴唇张合，他似乎能听见他们交头接耳道："霍乱？霍乱？"他猛地打了个激灵，微微的醉意也一下子飞到了九霄云外。现在该如何是好啊……他呆呆地站着，目送客车的红色尾灯消失在夜色中，觉得自己仿佛被吸入了黑暗中一般。毫无疑问，自己分明站在巴西的国土上，然而巴西却似乎越来越遥远。

漫无目标地等待了一小时、两小时，从空无一物的夜色中驶来了一辆出租车——去巴西送了客人的返程车，于是他得以免费搭乘顺风车回丘伊。边检人员说，你运气真不错。等到黎明的早班巴士，他按几天前来时的原路返回到首都蒙得维的亚。到达了目的地，他在睡眠不足的清晨拼命问到了巴西领事馆的位置，径直赶了过去。幸亏不是周末。

他说明了情况之后，负责人惊得目瞪口呆："简直岂有此理！明明有签证却不能入境，从来没听说过这样的怪事！"

工作人员给了他领事馆的电话号码，并告诉他，一定是哪里弄错了，我们马上调查，请明天致电询问。仿佛从蒙得维的亚那阴沉沉的天空中，洒下了一道阳光。

第二天一大早，他就拨通了电话。

电话还没接通，他充满了期冀的耳中便已经响起了明朗的幻音："啊，非常抱歉，是边检那边出错了。"

头一天的那位负责人接了电话。竭力保持着冷静的声音传入了他的耳中："在联邦警察公布的霍乱污染地区的名单里，日本赫然在列，虽然那是日本移民涌入巴西时期的古早名单。因而按照规定，的确需要预防接种。若是走空路则完全不成问题，而陆路的边境却仍然严格按规定执行。"对方十分愧疚地压低了声音。

既然如此，那么只需打一针霍乱疫苗就万事大吉了。他立刻振奋精神，向旅馆的人打听到了距离最近的医院，匆匆赶了过去。然而，这家医院看诊治病，却不接种传染病的预防疫苗。

有人告诉他综合医院可以接种，甚至还告知了该坐哪路车。他辛辛苦苦地赶了过去。看了医院向导图，他立刻明白了这里确确实实接种各类预防疫苗。太好了，真走运！可是当轮到他的时候，才发现尽管疫苗的名单上罗列着DTP[1]、BCG[2]、破伤风、肝炎、黄热病、麻疹等种类，不知为何却唯独不见霍乱。过度的失望让他一肚子火，在医院的窗口紧紧逼问："为什么?!"然而，医院根本没有采购霍乱疫苗，他也无可奈何。

又有人告诉他另一个接种的地方。他在心中感叹，这便

1 百白破疫苗，用于预防百日咳、白喉、破伤风三种疾病。

2 卡介苗，用于预防结核菌感染。

是人们常说的“踢皮球”啊。他乘车到了马歇尔医院，果不其然，唯独没有霍乱疫苗。他终于明白了，原来霍乱疫苗竟是如此难找，着实出人意料。就好像有人老是抢先他一步，单单瞄准霍乱疫苗下手似的。

有人又推荐了其他地方，他一赌气便跳上巴士去了港口的检疫所。无论是钱、时间还是耐心，都已经快耗光了。负责传染病的医生自信满满地说：

“我们没有霍乱疫苗。因为现在整个美洲，无论哪里都没有霍乱患者。尤其是乌拉圭，自巴拉圭战争以来，就从未出现过霍乱。”

医生昂首挺胸，仿佛这乃是自己的功绩一般。然后，忽然想到个好主意似的，竖起食指说道：

“不过你来得正好，既然来了就打一针黄热病疫苗吧，不花钱，而且还能管十年呢！”

医生说罢，也不等他回答，一把将注射器扎进了他的肩膀。

对方甚至提起了巴拉圭战争，看来这回决计是去不了巴西了。他心中涌起深深的徒劳感，眼前的世界也变得狭窄，踉踉跄跄地走出了医院。他茫然地抬起头，只见一段茶色的地平线出现在两幢建筑物之间的绝妙位置上。他仿佛被吸住了似的沿坡道而下。原来，蒙得维的亚市内有海滨浴场。“海滨浴场？”他忽然疑惑起来，走向不见人影的春日沙滩，用手蘸了水舔了一口。一点都不咸，甚至尝不出一丝盐的味道。这竟是完完全全的淡水，令人惊叹。

他不由得想象起五百年前，为了寻找能够驶入“南方大海”[1]的入海口而南下至此的水手们该有多么惊讶。以为这里便是大陆的南端，水手们将船只停靠在岸边，打起一桶水尝了一口之后，他们会作何想法呢？无论怎样凝目远眺，也不见对面有岸，根本就是一片汪洋大海。怎么看这里也不像河岸。事实上，蒙得维的亚确实位于拉普拉塔河的河口，与其说它坐落在河岸上，不如说是面海而建。虽然如此，这里的水却是淡水。水手们或许会想，越靠近南极，海水便越接近淡水吧。抑或是沉浸在一种幻想之中——大陆的最南端总是抢在他们前头不断地向远方逃遁而去。

太阳骤然倾斜，空气渐渐变凉。

尽管他意识到基本上没有希望了，还是朝着打听到的最后一家医院走去。那是一家陆军医院。到了一看，一幢刚毅朴实的灰色建筑物矗立在傍晚时分的小山冈上，全然没有一丝做生意的氛围。时间也不凑巧，现在这个时候即使已经停止挂号也理所当然。他战战兢兢地走了进去，恨不得转身逃离。挂号处的护士和他四目相对。

他的疑问句在蒙得维的亚的各家医院经过护士的反问和

1 此处指太平洋。

订正，此刻已操练得十分完美，重点突出：

“请问有霍乱疫苗吗？”

无比简洁的一句话，丝毫没有让人误解的余地。

简直就像在回应他的直截了当一般，马上就传来了简洁明了的回答：

“有，要接种吗？”

这句有生以来第一次听到的话传入耳中，他不禁屏住了呼吸，一时没能理解意思，只是杵在那儿。过了好一阵子，他的脑海里响起了音乐。

景致宜人的窗户

在佩洛乌里尼奥坡道的半山腰，有一家名为“班佐”的酒馆。一楼是贩卖巴伊亚服装等的布料服装店，穿过店旁边的拱顶大门拾级而上，二楼便是“班佐”。入口处装饰着一块庞大的木雕招牌，进了入口，走上台阶，便可以看到黑檀木的面具和雕像，店内还装饰着大鼓和拨铃波琴等等乐器，以及质朴的绘画。一看便知这家店走的是非裔巴西路线，装修风格非常统一。

佩洛乌里尼奥作为贫民街度过了二十世纪后半叶，说起那里的酒馆，总而言之最注重的还是廉价，因而，人们根本不会考虑店内的设计和概念，以及装修的统一性。使用印有啤酒厂商标志的折叠式不锈钢桌椅做生意乃是理所当然之事，只要能提供冷得都快冻结的啤酒即可。几乎所有的酒馆都是这样。在这样的酒馆当中，“班佐”的确显得十分另类，相应的，门槛和价格也相对较高。首先，附近的居民本身就是非裔巴西人，没有人会特意去“讴歌非裔巴西文化”的店里喝昂贵的啤酒。因此，“班佐”只能指望偶尔来访、富有冒险精神的外国游客，加之位于二楼这个决定性的不利因素，决计说不上生意兴隆，曾经换过好几任经营者。

不过，风水轮流转，有一天，露卡当上了店主。自那时起，“班佐”的生意便突然红火了起来。

对他而言，露卡是在巴伊亚[1]交到的第一个朋友。那时，她在广场上支了个帐篷，靠摆摊兜售自己缝制的非洲服装过日子。初次来到巴伊亚的他在露卡的店里买了适合当地气候的睡衣式凉裤，和一个虎纹的呢料背包。可是，第二天就遇到强盗，背包一转眼就没了。于是，两天后他又去买了同样的东西。在晌午时分的帐篷里，露卡躺在吊床上，被四周挂在衣架上的商品簇拥着，编织着一顶拉斯塔图案的帽子。

“这么快就被偷了？”她一脸愕然地说，“这一定抵消了你的噩运。”她微微一笑，并砰砰地拍了拍他的背，以示安慰。就这样，他和露卡聊了起来，成了朋友。

露卡是混血儿，继承了在巴西被称为“卡波克拉”的黑人和南美印第安人的血脉。她年轻时从大学退学，曾有段时间作为嬉皮士在亚马逊一带过着公社生活。一定是因为她拥有这样的背景，自从露卡接手以来，“班佐”洋溢出奇异的魅力，仿佛森林中的小酒馆一般。但是，生意兴隆的理由并不仅仅是这些。

毫无疑问，酒馆的地理位置良好。因为它所在的建筑物

1 萨尔瓦多的旧称。

有着三个宽敞的开放式阳台，正好面向位于山冈半山腰、呈三角形的佩洛乌里尼奥广场。站在阳台上，便可将当地人每天上演情景剧的广场尽收眼底，仿佛眺望剧场舞台一般。奴隶们和奴隶的子孙们共同出资建造的“黑人天主教会”就在斜对面。每逢做弥撒的周二晚上，人们便会在广场上练习欧罗敦。欧罗敦是佩洛乌里尼奥的年轻人们集结而成的百人规模的大乐团，全部由大鼓组成。为了狂欢节，巴伊亚的所有音乐团体都会从冬季将要结束之时开始练习。每周在佩洛乌里尼奥广场上进行的欧罗敦“练习”，很快就成了定期的免费音乐会。最后甚至演变成一场盛大的集会，从巴伊亚各地的黑人居住区赶来的听众填满了整个广场。顺应听众的需求，广场周围自傍晚时分便摆好了喝酒的路边摊。从练习开始直到结束，一边站着喝酒，一边随性起舞便是当地人的消遣方式。如果去到“班佐”，则能坐在二楼的阳台俯视广场，而非置身人群之中。这完全消除了二楼的不利因素。

还有一点。露卡特别走运，正好赶上了佩洛乌里尼奥被联合国教科文组织列入“世界遗产”，正式开展修复保存工作的时期。由于新当选的州长热衷于开发旅游业，政府迅速开始对年久失修、几乎变作废墟的建筑物进行修缮，以谋求整个旧城区的活性化。刚一确定需要修复保存和拆毁的建筑物，转眼间整个城市便化身为一个建筑工地。重建工作以惊人的速度突飞猛进，让人不由得联想到打着“用五年时间取得五十年的进步”这一口号的首都巴西利亚的建设。于是，不知不觉之间，佩洛乌里尼奥出现了从未见过的一类人——并非观光游客，而是“一般的”中产阶级本地巴西人。他们从未到访过非裔巴西人的居住地，曾经对此地心怀恐惧，不跟这里扯上关系，漠不关心，也不敢在此停车。托联合国教科文组织的福，重新审视当地历史的趋势应运而生，他们中间渐渐出现了提心吊胆地前来佩洛乌里尼奥探险的人。

露卡的生意头脑没有放过这个绝佳的时机。她在店里出售旧城区其他店里都没有的皮尔森金牌啤酒[1]，另一方面，提供的菜肴则仅限巴伊亚当地的黑人菜肴。当她注意到面向广场的窗户对于新顾客具有绝对的吸引力时，便提出了在佩洛乌里尼奥前所未闻的策略——给阳台的座席附加了“座席费”。

虽说仅限于广场上进行欧罗敦练习等活动的时候，即便如此，座席费的设定也是相当大胆——能供四人就坐的靠窗座席加收十美元。这事在露卡的本地朋友之间引起了激烈争论。她从前的朋友们都认为，在一美元能喝一大瓶啤酒的物价之下，这个金额简直高得离谱。为了原本可以免费欣赏的景观付钱，只不过是浪费，纯属异想天开。而且，她的朋友们想，对于欧罗敦这种免费的表演，露卡却要收取费用，这

1 皮尔森啤酒（Pilsen），又称 Pilsner，一种贮藏啤酒，色浅、酒体偏淡、味干，具典型的酒花香味和苦味。

难道不奇怪吗?

“这价格好心痛！露卡！你这家伙，难道是在卖窗户不成!”

“露卡，再怎么说，收两万克鲁赛罗[1]也太贵了吧!”

每个人都有着严格的金钱观，一提到钱每个人都有自己的主张，因而她的朋友们纷纷对她发起责难。然而，露卡根本不为所动。她有着逻辑清晰的胜算。就算要收取十瓶啤酒的费用，但对这些客人而言，四人分摊下来根本不痛不痒。她通过自己的经历深知巴西有的是这种人。倘若有人当面向她抗议，她便会竖起食指使劲晃动，否定道“不不不”，并且反驳说:

“这世上有需求和供给，就算定这个价，也是会有需求的。我并不是要从你们这些本地的穷鬼们手里抢钱。让付得起钱的人付钱就行了。”

露卡有着畅所欲言、毫无忌惮的勇气。而实际上也正如她所说。

欧罗敦进行了世界巡回演出，愈发出名，恰好与重建佩洛乌里尼奥步调一致。听闻只需支付十美元便能独享欧罗敦演出，并且能安全地跳舞尽兴，客人们纷纷前来光顾“班佐”。从巴伊亚城内的高级住宅地、从巴西国内各地，甚至从世界各

1 巴西的旧货币，现已作废。

国，聚集来了许多富裕的新顾客。然后，又吸引了以这些客人为榜样的人来到店里。在这样的良性循环之下，即便没有集会活动，“班佐”每晚都生意红火。氛围奇特的酒馆里，与露卡的出身完全不同的客人们喧嚣吵闹，而她与以前一样穿着非洲的服装睥睨店内，以一副女主人的姿态完美驾驭一切。

然而，也因为如此，使得本地客人难以入内。

“露卡！连你也歧视我们了吗?!”

“你的店也太贵了!”

从前的朋友们如此抱怨着，慢慢地疏离了露卡。他们拿到了少许搬迁费，一个个被逐出了城。

为了把佩洛乌里尼奥从非裔巴西人群居地改造成世界遗产的观光地，这恐怕是社会大潮中不可避免的一环吧。

最终，他和露卡一起自始至终地见证了这场在一九九二年至一九九五年期间进行的迁移。而且，恰恰在这次迁移差不多结束的时候，他便要离开巴伊亚了。

出发前一天的午后，他在露卡的酒馆楼下呼唤她的名字。露卡睡眼惺忪地从收费阳台上探出了头。他这时才得知原来露卡为了守店，在地板上铺了垫子，每晚都睡在店里。枕边还放着一把枪。

露卡问：“你什么时候回来?”他回答道：“说不准。”“那就以此作为巴伊亚的回忆吧。”她说，便麻利地做起了巴西炖鱼。

这是一道非裔巴西人的菜肴，用柠檬、椰奶和椰子油烹煮鱼肉。比起掌厨的阿姨，这道菜做得有些粗枝大叶，颇有露卡的风格。他这才明白这道菜花不了十分钟就能上桌。

和夜晚的“班佐”截然不同，在安静无人的店内，从阳台射进来的光线已成为逆光，他和露卡两人吃着巴西炖鱼。由奴隶们从非洲运来的椰子那黏稠的椰子油乃是这道菜的关键。

“哎，露卡竟然还会做菜。”他带着戏谑的口气说道。

“炖鱼这么简单的东西，巴伊亚的贫穷女黑人谁都会做。”说罢，她脸上浮起一丝嘲讽的浅笑。

他再次到访巴伊亚时，已经过去了十五年岁月。他首先就去寻找“班佐”的入口，然而却没找到。这家店已经不在了。他找到认识的人打听了一番，才得知露卡五年前去了亚马逊河上游的印第安人保护区，便再也没回来。有人劝她，最好接种黄热病的疫苗之后再去。她却严词拒绝道：“印第安人都没有打过预防针。我虽然是卡波克拉，但也有一半印第安人的血脉，我才不打预防针呢。”她就这么出发了。听说她后来真的染上了黄热病，过世了。

他偶然想起，查了一下“班佐”这个词，才知道原来它指的是黑人奴隶们对故乡抱有的深深思念之情。

阿米娜的大采购

阿米娜住进他的公寓大约过了一周时间，一个星期六早晨，她刚起床就宣布道："我今天想烹饪！"

最爱去夜店蹦迪的阿米娜竟然会说出"烹饪"两个字，这还是头一回。在这个词的驱使下，这天立刻变得忙碌起来。阿米娜动作麻利地打开橱柜，检查他家的厨房里都有些什么。发现几乎没什么派得上用场的食材，她便宣布要去采购。而且，还不是公寓附近将日常蔬菜分成小束贩卖的蔬菜摊，而是要去城市市场。他这才意识到这回她可是要动真格了，于是，决定趁此机会跟着去一趟。他早就知道城市市场是肯尼亚全国商品种类最丰富的高级生鲜零售市场，但因为它位于内罗毕市中心的正中央，往返都必须乘坐交通工具，所以实际上他还从未去那里买过东西。

出发去市场之前，阿米娜首先决定叫上住在附近大杂院里的玛姬。玛姬和阿米娜不同民族，但两人很亲近，加之阿米娜年长，玛姬就像她的跟班一样。可是，无非就是去采购而已，干嘛非得带上跟班呢？实在莫名其妙。一旦集体行动，两个人会耗费两倍时间，三个人则会花上三倍时间——抱有如此想法的他自然是无法理解，不过，他就指望着在阿米娜的引领下逛市场，并采访到非洲女性如何购物，因此也别无他法。最终，他只得乖乖等着阿米娜去叫醒工作到很晚的玛姬，等待着高挑过人的阿米娜和娇小过人的玛姬这对“凹凸组合”经过夹在行道树之间那条坑坑洼洼、未经铺装的道路，回到公寓。

当成员总算到齐、乘上相识的司机驾驶的出租车时，已经是正午了——正如他所担心的那样。在天花板高得像体育馆一样的建筑物中，人行道井然有序地延展开来，路的两旁，鲜嫩欲滴的水果蔬菜整齐地堆放成金字塔形，仿佛灯饰一般闪闪发光。面对这种几何学式的美感，他不由得屏住了呼吸。

像长颈鹿似的高高伸展着脖子的阿米娜率领着身后的两人在市场中穿行，身着藏青色罩衫的店员们一个接一个地招呼道：

“Bibi，今天买点什么呢？”

“Bwana[1]，需要什么呢？”

“这边这边！”

“Bibi，便宜咯，便宜咯！”

玛姬听到后戏弄阿米娜说：“哎，大家都把阿米娜叫做 bibi 呢！”

阿米娜害羞地咯咯笑了起来。

1 斯瓦希里语，意为“先生、老爷”。

“他们都称呼我为女士呢。”阿米娜向他解释道。

然而，她只是随口应付了一下小贩们的叫卖，马不停蹄地向前走，侦察了各个店铺的状况，就连最靠里的角落也不放过。然后，她压低嗓子对他说：

“能给我五百先令吗？”

阿米娜要的五百先令，换算成日元大约三千块左右，这在蔬菜店算是一大笔钱。阿米娜的担忧应验了，他对这个金额心存怀疑。

“你要买什么？”

“我不知道。我要买必需的东西。”

“但是你要做什么菜呢？”

“我不知道。我会做的。”

她莫名其妙的含糊态度更是让他越来越焦躁。

“阿米娜，听我说，如果你没决定要做什么，自然就不知道该买什么好。先决定要做什么菜，再买必需的东西吧。”他劝她有计划地采购，但阿米娜丝毫不肯透露烹饪计划。

那时他还不知道——虽然当这天即将结束的时候才终于明白过来了——其实阿米娜即使想告诉他自己打算做什么菜，也因为某些原因没法说出口。

的确，那时候她心里还没有明确的烹饪计划，而更重要的是，即使烹饪计划或图像已经在她的脑海中成形，她所想象出来的这道菜，也叫不出名字。至少没有一个可以传达给外国人，或是转换成语言后具有意义的名字。材料都各有其名。把这个、这个和那个材料，以这种方式切好，准备在一旁，然后烹饪、调味，经过一道道工序，便做好了这样一种调味汁。即便是心里很清楚，但这道菜并没有名字。如果要告诉自己的母亲，则只需要说出最核心的材料——牛肉，对方便能心领神会……可是，我这样告诉你你也不会懂啊，所以我不知道应该怎么说才好……如此这般，阿米娜把各种意义上的不明白都概括成了一句话，于是才反反复复地说着“我不知道”。

“别管那么多了，快借钱给我。”她说，然后补充道，“若是和外国人在一起，小贩们会漫天要价的，你去那边等着。”

专程想要亲身体验非洲式的购物，没想到却被驱赶到一边，他不禁有些沮丧。但阿米娜说得也有道理，而且损失的也是自己的钱，于是他老大不情愿地递出了一张肯尼亚最高金额的纸币。阿米娜领着玛姬，毫不犹豫地走向一家似乎经常光顾的店铺。

完全不与其他店比较价格、质量和种类，阿米娜光在这一家店就买好了基本的蔬菜——番茄、土豆、洋葱、胡萝卜、大蒜、甘蓝、卷心菜、辣椒、西葫芦、香菜……她让玛姬两手提着胀鼓鼓的塑料袋，一起返回。买的东西都只有一公斤，即便如此合起来也重达七八公斤。接下来逛水果店，然后去另一栋建筑物里的肉店。她显然一副熟客的派头，挑选店铺

时没有丝毫踌躇，一个劲儿地采购。香蕉、木瓜、西番莲、牛油果、西瓜、柠檬……他隔着一段距离听到阿米娜将看似腿肉的精瘦牛肉称作牛排，买了下来。

就这样，五百先令转眼间就见了底，追加的两百先令也花了出去，东西多得玛姬一个人已经拿不住了。这时他总算明白了阿米娜坚持带玛姬一起来是为了找人拎袋子。在阿米娜看来，他是这次购物的出资者，是“老爷”的身份，可不能让他拿重物。而玛姬也开始对大袋的行李产生了不满。

“阿米娜买得太多啦。”玛姬以第三人称的口吻，以没有特意说给谁听的语气，嘟哝了一句。见对方没有反应，她又改用开玩笑来抗议。

“阿米娜，感谢你为我做菜，可是，我吃不了这么多啊。”

然而，即便如此购物也没有结束，阿米娜又走进了市场外印度人开的食品店，买了一大堆——大米、意大利面、乌伽黎[1]、油、印度香料、孜然、胡椒、印式奶茶、白砂糖、椰子干。最终，食材达到了三人能拿走的极限。

“还有啥?”他疲惫不堪，以挖苦的口气问道。

阿米娜却自豪地宣布：“买完了。”这时时针早已走过了两点。

然而，阿米娜忽然想起似的，在他耳边问道：“要不要买

---

1 乌伽黎（Ugali），肯尼亚人最喜爱的主食之一，简单地说是一种稠密的玉米糊，上桌时是大块新鲜烧煮的砖块状，一般与肉、炖菜与蔬菜一起食用。

点烟?”阿米娜把逗他开心的杀手锏留到了最后。

听到他回答“要”，阿米娜问他要几根，他回答要十根，阿米娜又让他掏了一百先令，回到市场里的蔬菜店，和先前的店员一起消失在了店内的栅门后面。两分钟后她走了出来，手里紧紧握着一个白色的小纸包。把纸包在他眼前晃了晃，阿米娜若无其事地把它塞进了胡萝卜和土豆的缝隙中。

三人拎着几个薄薄的塑料袋，里面塞满了远远超过二十公斤的东西，踉踉跄跄地走出市场。对于喊着“Wapi？Wapi[1]？”上来搭话的出租车司机而言，他们无疑是再合适不过的饵食。无止境地掏钱的压力，加之双手也被购物袋勒得生疼，此刻他也顾不了那么多，只想坐进最近的一辆车。司机们巧妙地抓准了像他这种客人的心理，彬彬有礼地打开车门，以戏剧化的手势指向车座。然而阿米娜顶着赤道上的太阳，叉腿而立，高声喊着“Hapana！Hapana[2]！”不停地讨价还价。率领着跟班踏上采购之旅的时间里，不知不觉中她确确实实地树立起了“Bibi”的威严。

经过严格挑选，总算乘上了一辆出租车。他一屁股坐下，穷追不舍地问：“买了这么多东西，Bibi，你要做什么菜呢?”

阿米娜发出一声惊叫，挥起两只拳头，反复回答“我不知道”，然后呵呵一笑，露出了游刃有余的笑容。

---

1 斯瓦希里语，意为“上哪儿”。

2 斯瓦希里语，意为“不行”。

卡初姆巴哩的漫长征程

在城市市场进行了一番大采购之后回到家，阿米娜开始了烹调。过了不一会儿，住在附近的乌干达人大杂院的纳西姆上门了。前去应门的他听了纳西姆的话才知道，原来头一天阿米娜就发出了邀请——明天我做菜你过来吃吧。纳西姆从来没见过阿米娜做菜，于是半信半疑地上门拜访了。然而，她进厨房跟阿米娜聊了几句，观望了一会儿后，一脸顽皮地憋住快要喷出的笑声向他报告：

“我观察了一会儿，错不了，阿米娜会做菜。她一直深藏不露，对我们都保密！”

纳西姆以前在乌干达反政府组织 NRA 的游击部队里担任中士，是个坚定的女战士。这个组织在内战中取胜，夺得政权时，她退了伍，作为联合国认证的难民辗转到了内罗毕。阿米娜也曾经在同一组织当兵，两人虽然民族不同，但深深的信赖感把两人联系在了一起。

大家纷纷提议帮忙，而阿米娜全部回绝了，她一边挥舞着公寓里那把钝菜刀，一边喊着：“你们出去！出去抽烟！”粗暴地把人们赶出厨房，一个人默默地继续烹调。而当大家忘记她开始玩乐时，阿米娜则会强调自己的存在——从远处高声发出指令，“放点音乐”啦“换到广播节目”啦，抑或是把跟班玛姬叫进厨房。

时间越来越晚，已经无法称作午餐了，终于连玛姬也等不住了，宣布道：“我五点钟必须去上班哦！”阿米娜也焦躁起来，脸色变得暗淡无光。不过，当烹饪进行顺利，完工近在眼前的时候，她的态度便从容起来，面对催促的声音也能哈哈地付诸一笑。

阿米娜一大早就一心一意地烹调，到了勉强能赶上玛姬上班的时间，才好不容易完成的这道菜，确实是丰盛的非洲式午餐。作为主食的米饭和乌伽黎（她称之为食物）、炖煮的肉汤（她称之为调味汁），还有热腾腾的炒蔬菜（她称之为菠菜）以及好几种蔬菜的凉拌冷盘（她称之为卡初姆巴哩）。将卷心菜和洋葱切碎，撒上盐搅拌后榨干水分；用柠檬汁清洗肉，然后撒上孜然粉揉匀；将掰成短节的意大利面炒至茶色，然后和大米一起蒸煮。只要看看这一系列细致入微的智慧和工序的积淀便能明白，很显然，烹饪之人必须具备超越单纯知识的长时间实践积累。无论是他、纳西姆还是玛姬，都瞬间明白过来，一直以来太小看阿米娜了。“我们都被往常的她骗得团团转呐。”三人哈哈大笑起来。

待到从阿米娜手上接过自己的一份，尝了一口，大家都折服于这道菜令人惊叹的丰盛和完美程度，甚至忘记了说几句称赞的俏皮话，只顾专心致志地吃了起来。菜肴里蕴含着

一种力量，它使得场面从社交性的进餐，一下子转换到了进餐的根源——聚焦于“吃”这件事本身。刹那间，地球上普遍性的进餐风景呈现了出来。阿米娜为每个人准备了叉子，然而大家都拒绝使用，直接用起了手，房间里静静地回响着咀嚼的声音。阿米娜说了声“嘿，我可要休息咯”，便一屁股坐到沙发上，咕嘟咕嘟地大口喝着已经忍耐多时的啤酒。她一脸满足地看着被自己的菜肴彻底俘虏的三人，眼神里似乎带着几分嘲弄。直到刚才都还黑沉沉的脸色，忽地明亮起来，闪着褐色的光辉——正是这个时候，他才第一次如此清晰地目睹了非洲人脸色的变化。

除此之外，他还暗中注意到了，在阿米娜这天做的菜肴里面，于她而言唯一拥有特定名字的菜叫做“卡初姆巴哩”。其余的都没有菜名，只是按照它作为食物的性质（食物或调味汁），或者材料的名称（菠菜）来称呼的。于是，他一边默默地专注于吃，一边回忆起在采购的时候，自己曾对她质问：“你到底打算做什么？快报上菜名！”“你问我要做什么，当然是做饭和酱汁啦。还要我说什么呢？”他不由得揣摩起小声嘀咕的阿米娜当时的心情，暗自反省起来。

自那以后过了七八年，他和阿米娜分了手，带着两人的小孩回到东京生活。突然有一天，犹如一道电光闪过脑海，他突然明白过来：那一天阿米娜做的一桌菜肴，其实交织了东非的历史、殖民主义的历史，以及在“非洲明珠”乌干达降生成长的她的个人历史，这漫长的时间仿若一部电影，凝聚并鲜明地展现在了菜肴中。

自那顿大餐以来，阿米娜便频繁地做起这道叫做“卡初姆巴哩”的菜——将洋葱和卷心菜切碎，撒上盐用手揉匀，然后再加入切碎的番茄、香菜和绿辣椒，倒入柠檬汁慢慢搅拌。后来这道菜成为他的心头好，也成了他引以为豪的拿手菜。他一直以为“卡初姆巴哩”这个名字来自肯尼亚或乌干达的语言，也就是说，这是个斯瓦希里语或卢干达语的名字。他一直按照听到的读音在心中将这个词拼写作 kachumbali。

然而，一个初夏的傍晚，在位于东京郊外的自家厨房里，为了寻求当天晚餐的点子，他打开了由印度烹饪专家编著的印度菜菜谱，谁知却有了意想不到的发现。他哗啦啦地翻着书，在摊开的一页上，并排印着两种以白色蔬菜为主的沙拉的照片。标题写着“萝卜的 kachumber”“洋葱和番茄的 kachumber”。他一看做法，记忆中阿米娜纤细而黝黑的手迅速有力地将盐揉进蔬菜的情景，猛然跃入了脑海。其内容正是“卡初姆巴哩”。这是印度西部古吉拉特地区的烹调法，用欧洲的拼写方式可以写作 cachumber 或 cachoombar，总之就是把生蔬菜撒盐并揉匀，换句话说，从词源上来讲就是“沙拉”。

斯瓦希里语在引入外来语时有种独特的习惯，常会在词尾加上 i，例如“自行车”变为“baisikeli”，“医生”变为“daktari”。他老早就注意到了这个特点，于是马上就明白了原来印度的“kachumber”传到非洲后入乡随俗变为了“kachumbari”。当理解了这点的瞬间，阿米娜曾经断断续续地讲述过的她人生的些许片断一下子在他的脑海中复苏了。这些片断仿佛在闪光灯的照射下浮现出的一幕幕影像似的迅速切换，刹那间便在他的脑中重新组成了一段连续的故事。就如同终于找到了寻觅已久的最后一块拼图，一切都完美地契合在了一起——

“kachumber”传到东非是……十九世纪末，为了开发位于尼罗河源头丰饶的“非洲明珠”，乌干达铁道的建设拉开了序幕。由于同是英国殖民地，好几万印度人作为建设劳动者被派遣并移居乌干达……据说其中尤其以古吉拉特地区的人为多……东非的铁道建设一直持续到二十世纪三十年代，选择留在非洲并且定居的几千名印度人，凭借他们与生俱来的勤奋，加上精通数学又有人际关系，很快地，他们便实际掌控了东非经济，尤其是富裕的乌干达经济……

一九七二年阿米娜降生在这种状态下的乌干达，这一年，由于权势过剩，六万多印度裔乌干达人民被阿明总统视为眼中钉并受到驱逐……

“限九十天以内出境！一家人只能带两个行李箱！”……以此为分界线，“非洲明珠”踏上了衰败的道路，这是世界史上的一般说法……“阿明的时代可好了。”阿米娜曾经这样说过。因为与他所知的世界史常识相悖，他至今对此记忆犹新。而说起为什么她会认同阿明执政的时期，乃是因为出生于乌干达北部的阿明非常优待北部地区。居住在北部地方城市的阿米娜一家，在政府抛售印度商人洋房——房子坐落在城里唯一一条繁华大道上，还附带店铺——的时候沾了光，她家的生活也因而骤然滋润了起来。

而且……在接下来的漫长残酷战乱时代里，她那肯尼亚籍的父亲厌倦了混乱的乌干达，独自回到了肯尼亚，从她们的人生中彻底消失。于是，自那时起，她和兄弟姐妹们冠上了新任养父的姓氏，使用起了“德·索萨”这个姓。她们的养父是少数没有被驱逐出境，得以留下的混血“印度人”——他甚至回想起阿米娜曾经这样讲过。仔细一想，这个姓氏毫无疑问是颇有渊源的葡萄牙姓氏，而拥有这个姓氏的印度人，一定来自于果阿——葡萄牙自一五一〇年至一九六一年的四百五十年间，在印度西岸的这个小城维持了世界上最长的殖民统治。从东非看来，果阿则是相隔印度洋最近的彼岸。

站在位于东京郊外的自家厨房里，打算晚餐做印式咖喱的他，却仿佛在眨眼之间游历了半个地球一般头晕目眩，只是茫然地杵在原地。他看样学样，效仿阿米娜学会的卡初姆巴哩，竟与阿米娜的整个人生有着千丝万缕的联系，与始于

瓦斯科·达·伽马[1]时代的全球规模的掠夺史进程直接相关，与被称为“后殖民”——甚至成为流行语——的世界格局也密不可分。一想到这里，他越发不知道自己究竟该带着怎样的心情去做什么菜肴了。

“今天的晚饭吃什么？”

啪嗒啪嗒地踩着步子，从小学晚托班回来的儿子，带着八岁小孩的天真无邪问道。

我不知道！他也好想如此回答。

---

1 瓦斯科·达·伽马（Vasco de Gama，约1460—1524），开辟西欧直达印度海路的葡萄牙航海家，早期殖民主义者。

来自古巴的两封信

谢戈德阿维拉城内，午后时分下起了大雨。他们雇了一辆大型的古旧美国汽车——车头酷似咧嘴微笑的鳄鱼——在城里迅速扩散的水洼中徐徐前行，好容易赶在发车时间前到达了车站。谁知道，到了站才听说开往圣地亚哥的列车大幅延误。他这才知道这场雨如此猛烈，甚至连素以准点运行而闻名的古巴国营铁道都停运了。

无奈只好去车站的餐厅提前吃晚饭，等待发车，但听说列车停在很远的车站上，说不准什么时候发车。站务员推测说，大概得等到半夜吧。他向站务员询问："有没有什么地方可以待着慢慢等呢？"他们只是游客，在谢戈德阿维拉没有认识的人，而且已经买好了去圣地亚哥的夜行列车车票，也不想浪费钱去酒店订房间休息。

"那，来我家待会儿如何？"

兴许是可怜带着小孩的外国人一直呆坐在车站的长椅上，站务员里卡尔多在站内巡视了几次之后，向他们发出了邀请。里卡尔多说，恰好到交班回家的时间了，你们一起来吧。还说，在他家等待发车的同时，可以时不时给站长打电话，询问列车的状况。

在倾盆大雨中，他们又雇了一辆车前往里卡尔多家。正巧撞上里卡尔多的两个儿子拿着肥皂，在院子里一边哇哇地大声嬉闹，一边在大雨中洗澡。五岁和八岁的两个孩子，因为这场打得人生疼的大雨而兴奋不已，欢蹦乱跳得好几次摔倒在地，于是又不得不重新洗掉身上的泥泞。里卡尔多的妻子在一旁狠狠训斥两个孩子。他儿子跟里卡尔多的二儿子同龄。当儿子看到赤身裸体的小孩在雨中一边手舞足蹈一边用肥皂搓洗着身子，这种前所未见的光景——想都没想过世界上竟会出现这样的光景，竟能做这样的疯狂事——不由得呆站着看得入了迷。

听到了外面的骚动，奶奶从里屋走了出来。似乎是里卡尔多的母亲。见到日本人父子俩，她惊讶地操着生疏的日语，耳语似的小声问道：

“是日本人吗？”

看到她的样貌，听到这句日语，他忽然反应过来了——虽然里卡尔多的母亲已经几乎不会讲日语了，但无疑是靠着自己的双足移居古巴的第一代日本移民。

“我来到古巴是在一九二九年，那时我才七岁。”

哈娜[1]奶奶努力讲了一会儿日语后，又切换回了西班

1 原文为Hana，日文汉字写作“花”，是常见的日本女性名字。

牙语：

“已经是很久很久以前的事了……毕竟当我到达哈瓦那的时候，城市中央的小白宫——国会大厦还没建好呢！那时我可从来没见过这么气派、雪白又漂亮的建筑物，简直觉得自己来到了童话的国度。无数辆最新型的汽车在街上飞驰，古巴人不管男女都打扮得光鲜漂亮，我当时不由得感叹这里是多么富足的国家啊……”

但是，她们很快被转移到了谢戈，全家出动日复一日地收割甘蔗。不久，她家得到了一小块田，开始种植蔬菜，这才终于过起了像样的生活。她长大成人后与做铁道员的古巴人结了婚，而年长两岁的姐姐跟同样移民到古巴、历经了艰辛的日本人组成了家庭。结果，姐姐、姐夫在战后不久便回了日本……

战争期间，她姐姐嫁的这位日本人在古巴曾被关进过收容所，所以才彻底心生厌恶了吧……哈娜奶奶自那以后再也没见过姐姐。

哈娜奶奶从里屋拿出一封信。大约十年前，举行日本人移民古巴九十周年纪念仪式的时候，日本访问团的人捎给她一封来自她姐姐的信。姐姐嫌写字麻烦，信似乎是由儿子代笔的。哈娜奶奶已经看不懂日语了，请访问团的翻译帮忙口述了一遍。谢戈城里已经几乎找不着日裔了。周围没一个懂日语的人，因此自那以来，她再也没有读过那封信。哈娜奶奶问他，能不能翻译给她听听。于是他用西班牙语讲述了信的内容。她边听边不断点头。

里卡尔多解释说，日本人移居古巴始于一八九八年，比移民巴西更早，但是人数仅仅只有一千多人。里卡尔多在与日本、与日语都毫无关联的环境中长大，结了婚有了小孩之后，突然对自己的出身感起兴趣来了，于是开始着手调查日裔古巴人。

里卡尔多掐着时间往站里打了个电话，得知父子俩乘坐的列车已经恢复运行了，大约十点左右到达谢戈德阿维拉。离出发还有一个小时的时间，哈娜奶奶匆匆地给身在日本的姐姐以及未曾谋面的外甥写了一封信，托付给他。

分别的时候，哈娜奶奶递给他儿子一盒用于出口的纸盒装芒果汁。在大人们交谈的途中呼呼睡去的儿子，听到奶奶用日语说“很好喝哦”，揉着惺忪的睡眼，用西班牙语说了声谢谢。

父子俩从西往东横穿古巴的旅程终点站是位于古巴岛最东端的城市——巴拉科阿。据说巴拉科阿乃是哥伦布第一次航海时，从海上发现了古巴岛后靠岸登陆的地方。不久，岛上首个城市便建设在了这里，成为整个美洲大陆最古老的七个西班牙城市之一。矗立在城市广场上的教会礼拜堂，至今还装饰着黑亮亮的木十字架——据说哥伦布当年将它插在他登陆的海滩上，作为占有此地的证明。

然而，地处古巴岛的尽头，又被险峻的山地所包围，哥伦布登陆后的四百五十年间，巴拉科阿一直都是个只能从海路前往的秘境。一九六五年，历史上第一条翻越山岭的柏油马路竣工，虽说这条马路可谓是古巴革命的一大功绩，但巴拉科阿至今仍然是一个鲜少有人探访，被世人忘却的城市。

他们身处位于市区边缘的小型要塞，忽然从远处传来了呼唤声——“阿基拉[1]！是阿基拉吗？”声音听起来很年轻。摸不着头脑的父子俩呆呆地站在原地，只见正午的阳光下，跑过来一个怀抱着教科书和笔记本的女性。她跑到跟前，发现认错了人，难为情地笑了笑，解释说把他错看成了她的日本恋人。半年前恋人回日本去了，从此杳无音信。

“能帮我带封信吗？你有时间吗？”她问。他并没有拒绝的理由。约兰达找到一小片树荫，在大学笔记本上给日本的恋人写信。趁这个当儿，他和儿子去要塞隔壁的巴拉科阿历史博物馆溜达了一圈。“那人是谁？你朋友吗？为什么她叫你阿基拉呢？”儿子连珠炮似的发问。

待到他们从博物馆出来的时候，信已经写好了。看来她十分习惯于书写，信纸上排列着圆溜溜的字迹，匀整而又可爱。

1 日文发音为 akira，是常见的日本男性名字。

这样一来，他就保管了两封信。

“这里没有邮递员吗？”儿子问他。

回到日本之后，他给两封信各附加了一篇简短的文字，说明受托的原委，一起装进了新信封。

约兰达写的收信人地址就在东京都内，加之她笔迹清晰，他很容易便转换成汉字，寄了出去。

哈娜奶奶的那封信，收信人地址是在长野县的一个小镇。他把信的内容翻译成了日语。大概是说，自己可能已经没有机会去日本了，她的儿子里卡尔多正在调查日裔古巴移民的历史，想获得扶助经费去日本，请帮帮他。

他在附加的说明里描述了会面时哈娜奶奶精神矍铄的模样，并提出如果需要把回信译为西班牙语，他可以帮忙。

因为是十多年前的地址，他想先确认现在是否仍然有效，于是试着给镇公所的户籍科打了电话。他原以为收信人的姓氏挺罕见，没想到在当地这个姓氏的人并不少。不过，不出所料，户籍科没有告知姐姐和她儿子是否还在世，住址是否正确。他找到了一家电话公司，可以在公司的阅览窗口查到日本全国的电话簿，便动身去了一趟。他查到镇名时，意外地发现了姐姐儿子的姓名，上面标注的地址也跟十年前的旧地址分毫不差。至少这本电话簿发行的时候他还住在这个地方。

看来使命能够完成，他不由得精神振奋，把手上最漂亮的邮票贴到哈娜奶奶的信封上，投进了邮筒。

两封信都没有因为地址不明而被退回，无疑都平安送达了。自那以后，他再也没接到任何消息。

保守得最严实的秘密

时隔六年再访墨西哥城的时候，他马上想到了一个这回绝对得去一趟的地方。那就是能吃到全墨西哥最美味的玉米肉汤的餐馆。

他曾在二十五年前两次光顾过这家餐馆。朋友第一次带他去的时候，他就察觉到了这里是个特别的地方。餐馆位于远离市中心和繁华街道的住宅地中央，外观设计和周围房子一样平常，是一栋极为普通的住宅，没有打出招牌示意这里是餐馆。尽管如此，进到店内，首先便是休息室，靠墙放的椅子绕着室内摆了一周。室内坐满了墨西哥的大叔大妈，没有座位的客人队列甚至排到了路上。等了三十分钟左右才轮到他们，走进去一看，眼前竟是个约有一百个座位的宽敞餐厅。光看这受欢迎的程度，就能明白这家餐馆的特别，而且菜单上仅提供两种墨西哥玉米肉汤，这种自信满满的感觉更是与众不同。

由于是初次光顾，被餐馆强烈的个性压倒，他没能将意识集中到菜肴的内容上。于是，一周后，他独自去确认了一次。毫无疑问——这里有全墨西哥最美味的玉米肉汤。

墨西哥玉米肉汤几乎可以算是他第一次去墨西哥时最初

吃到的菜肴。以最初入住的公寓为中心，徒步范围内唯一一家餐馆是墨西哥玉米卷的连锁店，那里的菜单里就有玉米肉汤。第一次尝试，他便深深地爱上了这道以大粒的白玉米为主，既浓郁又细腻，极具墨西哥风味的炖菜。自那以来，他十分热衷于这道菜，每每发现哪家餐厅里有卖，便一定要尝一尝，因而对这道菜的优劣越来越挑剔。

二十五年前去过两回之后，便再也没光顾过这家餐馆，其中有几大原因。最大的理由是不久后他结束了在墨西哥的留学生活回到了日本。后来，又由于工作和旅行好几次经过墨西哥城，尽管每次他的脑海中都会浮现起店内的光景，却没能再次光顾。因为这家餐馆的店址，从他脑海中的墨西哥地图来看，是个相当偏僻的地方，绝对不可能偶然经过。而且店面孤零零地伫立在住宅区的正中央，那里的居民生活并不富裕，因而得做好冒险的心理准备才敢前往。不过，原因并不仅仅是这些。更大的障碍在于这家餐馆仅在星期六和星期日营业。一般安排一星期或十天左右的行程前往墨西哥，却偏偏无法在墨西哥城度过周末。他记得非常清楚——十八年前，以及六年前去墨西哥的时候，他的确很想再访这家餐馆。甚至明确告诉最初领他去的朋友，还想再去。然而，他要么去了恰帕斯州，要么去韦拉克鲁斯州，或是奇瓦瓦州，要么就是去了他尚未涉足过的地方，结果总是错过在那儿度过周末的时机。

就这样，他一直没能实现再访的愿望，一转眼四分之一个世纪过去了。这些年间，他摇摇晃晃地行走在人生的风口浪尖——爱情萌生、爱情消亡，有了孩子、失去孩子，徘徊在日本、非洲和巴西之间。另一方面，最初领他去那家餐馆的留学同伴，也经历了跌宕起伏的人生——晚上在城里的公用电话亭打电话时，被一位美丽动人的女子搭讪，当他放松了警惕的刹那，一把枪抵在了他的后背上，然后他被扒了个精光；他经历翻车的交通事故，在生死边缘徘徊了一遭，捡回了命在墨西哥城赖活着，却在机缘巧合之下，远离了当初的志向——语言学，人生朝着完全不同的方向发展，进而最终成了一位统计学者；最近因为胆结石引起出血，被送上了救护车，还没反应过来肚子上就挨了一刀。半个世纪长的人生历历在目，他们已经到了这样的年纪。

“趁现在还能去得了，这回一定要去那家餐馆，一起享受玉米肉汤！”

再访墨西哥的安排定下来之后，他提出了这样的建议，统计学者的朋友立刻明白了他的意思，两人当场就拍板定下了。

然而，一个问题摆在了面前。

这些年饱经风浪，两人已经全然记不起那家餐馆位于何处，叫什么名字了。他的记忆缺失得尤其严重，当初明明是他亲自开车去的，如今面对广袤无边的墨西哥城却只能说出“在东南方向”，简直就和毫无头绪没差别。他朋友还对更具体的区域有点印象，不过，同样已经时隔二十五年了。

“我先查一查餐馆是否还在吧。”

许下承诺的统计学者朋友，首先向自己工作单位的同事们打听起来：“你们知道一家如此这般的玉米肉汤餐馆吗？以前开在某某一带……”单位有很多消息灵通的同事，肯定有人知道。

可是，花了好几天时间问遍了所有人，结果谁都不知道。就连公认的美食家——病理学者佩洛斯老师，不要说去过了，根本连听也没听说过这家餐馆。这时，墨西哥的统计学者才意识到了问题的严重性。

这家餐馆的玉米肉汤分明是全墨西哥最美味，也就是全世界最美味的，怎么会无人知晓呢？奇怪了。这不可能。为什么他们都没有听说过？

朋友是擅长计算概率的统计学者，他的直觉告诉他，从概率上来讲这种事情不可能发生。假设每周的周末两天有四百人在那里用餐，餐厅的名声通过口口相传，会以怎样的速度，传达给多少人呢？只要设定几个适当的参数，稍稍计算一下就好。对于餐馆的点评会通过闲聊传达给多少人，听到了传闻的多少人里又会有几个人实际去店里尝试呢？墨西哥人喜欢美食，喜欢聊天，尤其喜欢聊关于食物的话题，而

且还是关于国民性灵魂食物（独立纪念日那天必定会吃）——墨西哥玉米肉汤的话题，完全可以设定比较高的数值。

答案很快就算出来了。虽然设定了比较保守的数值，但只要每周都有人聊天议论那家餐馆，那么二十五年之后，墨西哥首都圈的一千九百万人口，甚至包括婴儿在内，都应该一个不漏地听说过那家餐馆。加之由于互联网的普及，街谈巷议的传播速度大幅提升，若是把这个因素也放入计算，哪里还需要等二十五年，一千天足矣。若真的传播了二十五年时间，不必说全墨西哥了，就算传遍地球、月球、火星和金星也没什么好奇怪的。

这就意味着……墨西哥的统计学者呆呆地思考着，那家餐馆已经不复存在了吧。岂止是不复存在，从数字上来看，或许应该认为，一切都是他们的幻觉，那家餐馆打一开始就根本不存在。

不，这只是纸上谈兵而已。很显然他们在那里吃过饭，错的是数字。虽然自行否定了自己的专业领域令他感到颇为不快，但统计学者朋友还是打起了精神。概率论的恩师不是说过吗？计算结果合不上的时候，就去实地考察一番。

于是，一个星期日，统计学者开始执行他的行动计划：推测出大致区域（墨西哥城的东南方向），乘上出租车，在那一带沿街逐一问询。正值壮年的司机也一下子被目的地——“藏匿于住宅区，没有招牌却大排长龙，传说中的墨西哥玉米肉汤店”激起了好奇心，找得格外起劲。

“我可是格雷罗州人，一切包在我身上！”出租车司机卷起袖子说道（格雷罗州是墨西哥玉米肉汤的发祥地）。

这是令人沮丧的一天。他们开车把十条街道从头到尾问了个遍，最后总算从一个街头卖报人那里打听到了消息——餐馆所在的街道名称。街道名称就是一串数字。希望的光芒重新回到了司机眼里，翻筋斗似的驾车飞奔到了目的地。两人看着路标，慎重地核对街道名称，然后沿着道路的一边缓缓地行驶，走到尽头又掉头沿着另一边回到原地。然而却并没找到餐馆。

果然已经不复存在了……二十五年如此漫长，大多数事物都会消亡，这也理所当然。他自己的胆囊不也没了吗？天已经彻底黑了，来自格雷罗的出租车司机也垂头丧气。墨西哥的统计学者与司机交换了电话号码，并且立下约定，万一找到了就相互联络。

一周后的星期日正午时分，手机响了。是那位格雷罗的出租车司机打来的。

“找到了，先生！那条路在中间被截断了，剩下的一部分在相隔一段距离的地方。格雷罗人的执着胜利了！”

朋友连忙赶过去一看，仿佛时光根本没有流动过似的，店门口和过去一样大排长龙。

TAXI
TAXI
TAXI
LIBRE
LIBRE

每周周末还是一如既往地挤满了人，队列从接待室排到了路上……

既然如此，那番概率的计算又是怎么回事？不管怎么思考，若不假设这帮人一个个都为了保守这家店的秘密而故意缄口不提，计算结果就合不上。

从概率上讲……墨西哥的统计学者叹了口气——只能认为这帮人统统都是秘密结社的成员了。

归根之旅

出发的时间一推再推，一天晚上，切贝终于向全家人宣布："明天一定要出发去村庄！"

忙于筹措物资和资金，安排当天帮忙代班的同事，启程时间每天都在顺延，已经持续了一个星期。

第二天清晨，因为要趁着天刚蒙蒙亮就出发，于是全家人都早早起床在后院里集合。然而，一旦出发，又得张罗这个大家族所有人的早饭，又得给车加油，还得把大量的行李装上皮卡货车，忙来忙去，时间越来越晚。总算收拾停当，准备出发的时候，一清点人数却发现小孩少了一个。是谁不见了？去哪儿了？正当家人们一片混乱的时候，"失踪者"彼得却若无其事地回来了。而这回又轮到出去找小孩的大人迟迟不归。待到所有人都聚齐的时候，上午都已经过去一半了。

把水和食物、大量木炭和塑料罐装汽油、所有的餐具、锅和炭炉都装上货车的载货台，甚至连凳子都放了上去。然后，清一色女性的阿米娜家族四代人，以及她们照看的远亲小孩们，总共十四口人也上了车。她们以熟练的动作轻轻一跃就上了载货台，收起长长的腿，蜷缩成小小的一团——看起来甚至有些可笑——在货物的夹缝间找到自己的位置。

阿米娜的丈夫因为这次带有冒险色彩的旅程而兴奋不已，本打算和大家一起坐载货台，然而发号施令安排座位的阿米娜母亲却以不由分说的语气喊道：

“Dan！你到前面去，你坐不惯载货台！”

这位被称作 Dan 的日本人[1]垂头丧气地下了载货台，最后和阿米娜的祖母一起坐在货车的副驾驶座上。他脚下还塞满了需要小心轻放的货物，诸如装着 Ajon 酒（特索人[2]用黍子发酵酿制的“啤酒”）的塑料罐，等等。

“大家都上车了吗？”

等得不耐烦的切贝从驾驶座的车窗探出头来，以焦急的口吻问道。载货台上的女人们清点了人数，狠狠敲了敲驾驶室的车顶来作答。仿佛在回应她们似的，切贝粗鲁地空转了一下引擎，一口气松开已经磨损的离合器，故意带着几分粗暴发动了车子。这辆老旧的标致车被达到最大限度的重量压得往下沉，在车身上上下下发出的剧烈吱嘎声中，车子驶出了索罗蒂。

如此这般，整个大家族的归根之旅终于拉开了序幕。姆孔果洛村——这一大家子搬到城里之前所居住的地方，现在家族的长老和亲戚依旧还生活在那里，家里所有人终有一天

1 作者旦敬介的姓氏“旦”的日文发音为 Dan。

2 特索人（Teso），亦称伊特索人（Iteso）或阿特索人（Ateso）。乌干达中部民族。以小米为主食，以棉花为主要经济作物。

会回归并在那里下葬。这次旅行便是为了回村里报告阿米娜跟外国人结了婚的事情。

若是全速径直行进，大约三个小时就能到达村子，但他们计划去途中的小镇接另一位长老。说是计划，但实际上并没法事先通知对方，所以总是突然登门拜访。果不其然，上门才发现长老恰好外出了，夫人也搞不清丈夫去了哪里。一行人只好请长老夫人拿出椅子，坐在芒果树下一边轮番品尝Ajon酒，一边闲谈，等待长老归来。他们往盛在大葫芦瓢里的Ajon酒中兑了两番热水，当太阳也升得老高的时候，长老终于回来了。家族全体成员列队问候长老，再次轮番共饮一碗Ajon酒，切贝趁机告知了缘由，并恳请长老同行。

原来如此啊，长老点点头，叫出了阿米娜：

“被家里人唤作宝贝，一直疼爱有加的阿米娜也终于要结婚了啊。那我要问一问，我们民族里有七个氏族，你可知道你属于哪个氏族？”

十三岁就离开了父母身边的阿米娜被这么一问，完全答不上来。她“哎呀”一声，露出最甜美的笑容，做了个鬼脸敷衍过去。包括弟弟们在内的一大家子哇地沸腾了起来，纷纷拿长年生活在城市的阿米娜的无知开起了玩笑。

“是尼雅科利族哦，你可要记住了。”长老和颜悦色地说罢，又紧接着吩咐道，“切贝，在你妹妹去外国之前，好好教

她民族传统。这是长子的责任。”

车子载着增加了一人的乘客再一次踏上旅程，在乌干达北部平原干燥的公路上划下深深的痕迹。切贝避开铺装薄弱的路崖，压着褪色的黄色道路中心线行驶。很快，时速就达到了一百公里，盖货物的篷布被风吹得哗哗直响。他忽然回头一看，只见载货台上的乘客们全都闭着眼，在猛烈的风中缩着脖子，虽然沐浴着强烈的日光，却依然用手上所有的衣服和布料紧紧裹住身子，以抵御寒冷。

下了主干道不久，公路变成了刻印着深深车辙的土路。车子骤然减速，载货台上恢复了生气，飘出阵阵欢声笑语。或许离村子不远了。只见远处孤零零地矗立着一幢小小的房子，往前开了一阵才发现原来是建在两条乡间小道交汇处的商店。切贝在商店前停了车，买了一箱碳酸饮料和一瓶用啤酒瓶装的食用油，小心翼翼地塞到副驾驶座的下面，便继续赶路了。之后又行驶了三十分钟左右，来到一个一片荒芜、路两旁只见灌木的地方。切贝突然向右猛打方向盘，跳跃似的越过路崖，把车开到了杂草丛中。这剧烈的晃动使得载货台上发出声声惊叫和责难。切贝在离道路十多米左右的地方停下车，宣布道：“我们到了。”

一开始，除了草木，他什么都没看到，心想，难不成从这里开始得在疏林中步行了吗？然而，远眺了一会儿风景，他发现就在不远处，利用灌木丛和木桩围起了大约一人高的墙垣。这便是家族的“村庄”。

他首先被引见给住在墙垣里的家族最高长老——阿米娜的姑祖母阿格里庇娜。果不其然，一家子要来拜访的事情根本没有事先通知她，阿格里庇娜惊叫出声，不过无论什么事通常都是突如其来，她也早已习惯了。她让小孩们去传话，把在田里劳作的人都叫了回来。相邻的墙垣仿佛伪装过一般星星点点地散布在草原上，而生活在这些墙垣里的人们中间，一种不同于平常的节庆气氛正随着嘈杂的议论迅速扩散开来。

阿格里庇娜的侄女？结婚？外国人？日本？……

每个人都预感到这一天是特别的日子，聚集到了阿格里庇娜的墙垣里。还有些机灵人预料今天一定会用到山羊，专程牵了山羊前来。

然后，阿米娜的妈妈把一家子领到位于墙垣内一隅的家族墓地。新建的坟墓属于阿米娜的哥哥，三年前因患斑疹伤寒而过世。混凝土浇筑的墓前，阿米娜妈妈用英语献上基督教的祷告词。哥哥长久以来都是家中的顶梁柱，并且最为疼爱阿米娜。第一次来给长兄扫墓，阿米娜的眼泪扑簌簌地往下掉。

扫完墓，便要进行切贝事先嘱咐过他的重要仪式。切贝牵来了一只体型壮硕的山羊，把缰绳递到他手上，然后指向阿格里庇娜的小屋。

他按照切贝所说的那样，拽着山羊走了十来米，直到阿格里庇娜小屋跟前。方才还在小屋外面劳作的阿格里庇娜已经不见踪影。于是，他站在小屋门口，按切贝教的那样，啪嗒啪嗒地拍手。眨眼工夫阿格里庇娜便从阴暗的屋子里走了出来，身上的衣服也由刚才的田间工作服，换成了闪闪发光的金色戈麦斯，还用同样的布料把头发规规矩矩地包了起来。这便是乌干达的民族服装。尽管先前已经见面问候过了，阿格里庇娜还是对他的拜访露出惊讶的表情，俨然久未会面一般。对她逼真的演技，远远围观的家人和村民们中间爆发出阵阵认可的笑声和欢呼。

他把目光转向如提词人一般不即不离守候在一旁的切贝，只见切贝摆了个姿势示意他“就是现在”。于是他用切贝传授给他的动作，将拴住山羊的绳子递给阿格里庇娜，并按事前练习的那样念起了开场白：“已故长老欧基利亚之妻、尊贵的阿格里庇娜啊！这只小小的山羊，已是我竭尽全力的馈赠。请务必笑纳这份小礼，打开您的墙垣，接受我吧！”他说完台词，围观人群中传来嗤嗤的笑声。阿格里庇娜用流利的英语回应他，接过了绳子，女人们发出惊叫般的声音造势。见仪式结束，切贝走上前来，让两人在小屋前重现交接山羊的一幕，拿相机拍了几张照片。

男人们带走了山羊，阿米娜、妹妹朱丽叶以及两人的母亲和祖母阿格里庇娜都消失在小屋背后，去准备喜宴了。

女人们找来了所有的炭炉一字排开，开始了烹饪。这个角落里根本没有男人的身影，但阿米娜妈妈唤了声："Dan！快过来看看！"他便乖乖地走了过去。只见她弯起肥硕的身体，坐在炭炉前的一张小凳上，一边指挥着女儿们，一边用油煎着肉。见他过来了，阿米娜妈妈摊开手掌，给他看握在掌心的东西。棕色的掌心里握着一些灰色的粉末。他莫名其妙，露出了疑惑的表情，阿米娜妈妈抿嘴一笑，说：

"这是我们的盐。是烘焙青芭蕉的叶子做成的。"

他用指尖沾了一点，舔了舔。

仿佛要将那一丝丝微微的鲜味聚在舌尖一般，他闭上眼睛细细品味，这时，不知从哪儿传来了音乐。他睁眼一看，只见演奏着大小不一的拇指钢琴的乐团正好走了进来。最庞大的一架拇指钢琴，竟由演奏者坐在上面弹奏。编织进新婚夫妇名字的歌词，随着歌声飘上了蓝天，宣告着喜宴的开始。

步行生活的开端

儿子迎来了一岁的生日，可以乘坐飞机了。借此机会，他们一家三口从肯尼亚出发去了巴西。他们决定在整个巴西黑人文化最为根深蒂固的巴伊亚城暂住半年时间，于是，肯尼亚人和日本人的混血小孩开始了他在巴西的生活。对于阿米娜而言，这是自出生以来头一次在外国生活，迄今为止丝毫没接触过拉丁语系的语言。不过，毕竟是用耳朵记住好几门语言并且运用自如的东非人，她很快便能讲出只言片语的葡萄牙语了。尤其是吵架时常用的台词，诸如“你脑子有问题吧？”一类，不以单词为单位，而是作为整句话加入日常表达当中，这是她的一大特点。当她熟练掌握了这类表达之时，巴伊亚全城上下骤然迎来了节日狂欢的时期。

邦芬教堂是城里最重要的天主教堂，但同时也被归入坎东布雷[1]信仰，是非裔巴西风俗最浓的教会。每年一月中旬的星期四都会举行邦芬沐浴节，届时黑人们将会清洗教堂前庭的台阶。最初让奴隶清洗打扫教堂是为了给教堂的祭典做准备，而如今，比起正式祭典，清洗教堂反倒获得压倒性的人

1 坎东布雷（candomblé），一种源自西非的泛灵论宗教。

气，成了大众庆典。城里的人们甚至发起了一场小规模巡礼，徒步行走到坐落在城郊小山上的邦芬教堂。仿佛以此为号令一般，其他教堂也接二连三地发起了沐浴节。一进入二月，马上就迎来艾曼加的祭祀仪式，人们会将献给坎东布雷教海洋女神艾曼加的贡品投入海中。在祭典上，也有好几千人的祭祀队伍在城中游行半天时间。和着歌声，人们头顶烈日漫步城中，这种行为简直跟狂欢节别无二致，而且两者都具有节庆的典型结构——通过游行的激情、疲劳以及连带感而达到一种迷醉状态。于是，狂欢节的预感迅速在人们的心中泛滥。脱离日常，颠覆秩序！全城上下蠢蠢欲动，谁都无心顾及日常琐事。

要加入哪个团体去参加狂欢节呢？面对这个选择，人们一边与自己的荷包磋商，一边兴奋不已。报纸的个人广告栏连续几天都刊登着一大串各团体统一服装的倒卖广告。为了促使人们尽早加入，无论哪个团体都会逐渐提高参加费用，因而也催生了一批倒卖商人，他们早早买下几个名额，之后再转让出去以此盈利。

我们是加入代表郊区贫民区文化的阿拉克图，还是选择只允许黑人加入的非洲团体鼻祖——伊雷·艾耶？或是没什么政策、轻松又花哨的中产阶级团体英特尔？要不还是选择以桑巴·雷鬼的音乐风格卷起旋风的欧罗敦？抑或……抑或……特卡要加入帕帕·勒加斯团队。达达尔和内利尼欧说他们没钱，所以狂欢节期间要去打工，做英特尔团的警卫员。朱丽耶塔呢？阿迪尔森呢？

阿米娜打一开始就没考虑过欧罗敦以外的团体。因为这个团体扎根于他们所居住的旧城，每周都能看到这个由三百位鼓手组成的乐团在广场上练习。当旧城佩洛乌里尼奥还是贫民街的时候，欧罗敦乃是作为社会工作性质的交流团体而发足的组织，旨在把那些中途退学无所事事的年轻人聚集起来，每周练习两次击鼓，进而使他们远离犯罪和毒品的诱惑，树立作为非裔巴西人的自豪感。

不过，他和阿米娜不能双双参加。因为巴伊亚的狂欢节是一种“街道庆典”，团队会在最为繁华的大道上巡回游行，任何人都可以自由地在街道上跳舞，届时街道会变得拥挤不堪。绝不能把小孩子带到这样的激情和混乱中去，于是必须有人留在家里。他让出生以来头一次参加狂欢节的阿米娜优先，自己则留在家照看孩子。

狂欢节从星期五日落时分开始直到第二周星期三的日出时分为止，一直持续了四天五晚。然而，一旦日期到来拉开序幕，狂欢节便乘着兴头，眨眼间就热火朝天地进行下去了。很快便迎来了欧罗敦的首次游行时间——“狂欢节的星期日”傍晚时分。

阿米娜在公寓的里屋换好统一服装出门了。虽说是狂欢节服装，实际却很简朴，棉质短裙上印着太阳的图案，象征

当年的主题“太阳的子孙”，以及相同质地的上衣和帽子。尽管如此，手臂、脖子和腿都露得不少，这在非洲决计穿不出来。她为这套服装的大胆而羞赧不已，咯咯地笑个不停。服装便是团队成员的证明，在游行途中，只有穿着这套服装的人，才能进到用绳子围起来的欧罗敦团队中间，跟在大乐团和大音响的拖车后面，分开人群，穿行而过。

他抱着儿子送掐着集合时间出击的阿米娜到途中。走到佩洛乌里尼奥广场，只见已经聚集了很多穿相同服装的成员。似乎是先在这里结队，一起出发去集合地点卡斯特鲁·阿尔维斯广场，然后再正式结成游行军团，整队，开始行军。他们和认识的成员站着闲谈的当儿，儿子突然东张西望地不安分起来。周围的人都穿着一模一样的衣服，目光就转开了一瞬，便分不清哪个才是自己的妈妈了，到最后竟号啕大哭起来。阿米娜在孩子眼前挥挥手，示意自己才是妈妈，然后断然抛开孩子的哭声上阵了。

狂欢节时期是一年之中最为炎热的时节，卫生状况十分恶劣，市卫生局通过各种媒体频频呼吁“请不要食用路边摊贩卖的食物”“多食用清淡且易于消化的食品”“勿忘大量补充水分”。事先在家里准备好食物，跳累了玩累了，回到家马上就能吃，这是狂欢节的智慧。

在阿米娜“外出玩乐”（在巴伊亚便是如此称呼狂欢节）的期间，他效仿卫生局的点子，做了土豆沙拉。趁着孩子浑身大汗地午休时，他煮了一大堆整个儿的土豆和胡萝卜，然后冷却去皮。他曾在公立的儿科诊所学到过一招——煮过胡萝卜之后的汁水叫做“胡萝卜茶”，可有效预防婴儿腹泻和脱水，于是单独煮了胡萝卜，留下了汁水。

当令人陶醉的大份土豆沙拉大功告成的时候，儿子睡醒了，扶着墙走到了厨房。他把刚做好的土豆沙拉碾碎喂儿子吃。到了晚上，这回他决定做与卫生局建议无关的炖牛尾。他慢慢炖煨，使大蒜和柠檬的味道完全进到汤里，夜渐渐深了。共用院子晾衣架的邻居艾米丽娅路过的时候闻到了香气，便问他：“你在做什么呢？”他告诉她是牛尾，于是艾米丽娅抿嘴一笑，朝着他猛然挥拳，做了个奇妙的动作。因为据说牛尾可以壮阳。

狂欢节期间，每天犹如远方发出地鸣一样的声响笼罩着整个城市。但是，唯独正午之前的两个小时，不可思议的宁静在城里扩散。这个时间，所有团队都结束了游行就地解散，除了市里大量雇用的街道清洁工以外，人人都走在回家的路上。市中心的主要道路都为了给步行者使用而封锁起来，巴士和出租车都无法通行，人们只好拖着疼痛的双腿步行回家。

从傍晚到黎明的九个小时里一直不断地边跳舞边行进，现在总算结束了游行的阿米娜，朝着家的方向一步步走在第七大道上。她若是在非洲绝对会因为麻烦而避免步行。人群散开之后稍稍凉快了一些，可是走着走着太阳越来越高，一转眼又恢复了猛烈的酷暑。她大汗淋漓，脖子上直痒痒。

从黑色圣人圣本笃的教堂前方下坡，走上卡斯特鲁·阿尔维斯广场的斜坡，走过大教堂的广场，横穿耶稣广场，走下佩洛乌里尼奥广场的陡坡，再走上卡尔穆修道院的斜坡，然后走下博科隆的斜坡，终于到了家门口。像这样上坡下坡，也是打出生以来头一次。她气喘吁吁地想，为什么巴西尽是斜坡呢?

阿米娜打开荷包锁，推开面向马路的门，穿过通道进到后院，只见洗干净的尿布挂在晾衣绳上随风飘舞。她立即明白过来，她不在的时间里，家里的一天已经着着实实地拉开了序幕。她甚至闻到了食物的气味，这才想起自己饿了。可是，要带着怎样的表情进家门呢?她心怀内疚，稍稍迟疑了一会儿，儿子扶着墙从敞开的玄关走了出来。

儿子抬起头，马上就注意到了阿米娜。她已经筋疲力尽，茫然地呆站在后院入口处，离儿子大约有五米远。

相隔五米的妈妈和孩子，相互对视了两秒。两人同时张口，想要呼唤对方的名字。然而双方都还没发出声音，儿子便放下了扶在墙上的手，保持着不稳定的平衡，向前迈了一步。一旦迈出了第一步，就只能不间断地往前走了。儿子笨拙地迈动着那双仿佛支撑棍一般的小小脚——脚底面积几乎可以不计，就连直立都让人感到不可思议——摇摇晃晃地前

迸起来。

“危险！小心！”阿米娜不禁大喊一声。

恰巧注意到这一幕的邻居艾米丽娅，从自家门口给孩子助威道：

“加油，小家伙！”

似乎要证明自己不需要辅助一般，儿子把双手伸向头顶，向一年零两个月人生的初次大冒险发起了挑战。

经过了歪歪倒倒、令人紧张的几秒钟，儿子完成了降生以来的第一次步行，横渡了五米的“汪洋大海”，终于抱住了阿米娜的右腿——她的膝盖比他的头还要高出许多。

阿米娜抑制不住喜悦，飘飘然地哈哈大笑起来：

“啊呀！小伙子，你什么时候开始走路了?！我可是一步也走不动了，哎哟！”